心は全部、きみにあげる

永良サチ

角川文庫
24402

contents

プロローグ

蟬は死期が近づくと、必ず仰向《あおむ》けになるらしい。

蟬は、どうして綺麗《きれい》な空を見るわけでもなく、地面の上で死を待つのか。

それは土の中で過ごした幼少期の自分と近い場所にいたいからという説がある。

蟬は懐かしい土に触れながら、一体どんなことを思っているのだろうか。

──ガシャン。私は屋上のフェンスに足をかける。

十七年間生きてきたけれど、今この瞬間に思い浮かべる人はいない。

蟬のように死を待ちたい場所はなくても、せめて最期の時くらいは自分で選びたいと思う。

なんにもできなくなる前に、どこにも行けなくなる前に。なんの思い入れもない場所で人生を終わりにするくらいなら、空を見上げる余裕がある今ここで。

「だー、考えんの面倒くせえ……!!」

フェンスによじ登ろうとした瞬間、背後から叫び声が聞こえた。不意をつかれて振り返ると、高架水槽が置かれている塔屋と呼ばれるところに男子が立っていた。

……だ、誰もいないと思っていたのに、もしかして最初からいた？

驚きのあまり固まっていると、見下ろされる形で彼と目が合った。

「お、すげえ。丁度いいや」

タラップを使わずに塔屋から飛び降りた彼は、そのまま無遠慮に近づいてきた。

「名前、柴崎奈央《しばさきなお》だよな？」

同級生の顔を把握していない私でさえ、彼のことは知っている。二年二組の寺島光《てらしまひかる》。うちの近所にいるゴールデンレトリバーと同じ髪色をしていて、左耳にシルバーのピアスを付けている。

彼に関する噂はたびたび耳にするが、どれも良いものではなく、威張っている先輩に目をつけられて逆に従わせてしまったとか。街の不良グループから一目置かれていて、道を歩けばみんなが避《よ》けるとか。とにかく学校でも悪目立ちをしている生徒だ。

「あれ、名前って柴崎奈央じゃない？」

「そう……ですけど」

警戒しながら、か細い声で答えた。身長がやたらと高いせいか、目の前にいるだけで威圧感がある。こんなはずじゃなかった。邪魔をされなければ、今頃はフェンスを乗り越えて、あっち側に行けていたはずだったのに。

「俺、お前にずっと言いたいことがあって」

「……な、なんでしょうか」

「友達になってくれない？」

「え？」

「１００日間だけ、俺と友達になってくれ」

人生で使うことなんてないと思っていた青天《せいてん》の霹靂《へきれき》という言葉が浮かんだ。それはまさに青く晴れ渡った空に突然降ってきた雷鳴。

稲妻に打たれたような衝撃が体を走り、私はしばらく動くことができなかった。

1　きみと探り合い

学校という場所には、目に見える派閥が存在している。

コミュニケーション能力が高い人と低い人。

容姿が目立つ人と目立たない人。

先生にうまく取り入っている人となにもしていない人。

うちのクラスに限っては、勉強ができる人よりできない人のほうが偉そうにしている傾向にある。

階層構造において、上位の生徒は下位の生徒を見下し、どちらにも属さない中位の生徒は、自分の立場が悪くならないようにうまくバランスを取っているように見える。

そんなヒエラルキーの頂点に君臨するのが、女子のリーダー格である江藤《えとう》さんだ。今日も彼女はひときわ目立ち、教室の中心で騒いでいた。

「ねえ、マジでウケるんだけどー！」

オーバーリアクションで注目を集め、周囲の女子たちは首振りマスコットみたいに「うん、うん」と頷《うなず》いている。それはまるで、江藤さんが主役を演じ、取り巻きたちは脇役として彼女の言葉に従っている演劇のようだ。そんな中、江藤さんが急になにかを見つけたように椅子から立ち上がった。

「みんな見てよ！　こいつ真面目に読書してるふりしてまた漫画読んでるし！」

声を高らかにして近づいた先には、相田《あいだ》さんという女子の机があった。

相田さんは昼間も静かに読書をしている生徒で、クラス内では比較的目立たない存在だ。階級でいえば下位に位置する生徒であり、なぜか江藤さんによく目をつけられている。

「しかもキラキラの少女漫画！　もしかして自分もこんな恋愛したいとか思っちゃってるわけ？」

江藤さんは乱暴に相田さんの本を引ったくり、淡いピンク色の可愛いブックカバーを無造作に剝《は》がし取った。そのまま漫画の表紙をクラスメイト全員に晒《さら》すように掲げている顔は悪魔のようにも見えるが、一組にとって江藤さんは誰も逆らうことができない女王様。日常的に尊大な態度を取ることが多くても、周りはなにも言わない。クラス全体が彼女の権威に屈しているかのようだった。

「お、お願い、返して……」

「どうせ漫画読みながら妄想とかしてるんだろ。マジできっしょ！」

江藤さんの言葉に呼応するように、みんなの笑い声が響いた。高校二年生に進級してから約三か月。クラスに当たり外れがあるのなら、間違いなく一組は後者だろう。

いつから相田さんがこういう扱いを受けているのかは知らないが、少なくともクラス替え初日から江藤さんはこのように振る舞っていた。

なぜ相田さんを標的にするのか。相田さんに対してなにか恨みがあるのか、それとも大人しい性格だからなにをしてもいいと思っているのか。どちらにせよ私の知ったことではないと、自分の席に張り付いたまま窓の外に目を向けた。

クラスに友達はいない。友達になりたい人もいない。誰かに関心を寄せられるわけでもなく、誰かに関心を持つこともない。自分がどの位置の階級に属するのかはわからないけれど、透明人間のように存在を消すことに努めているおかげで、私の世界はいつも静寂に包まれている。

「……う、ううっ」

江藤さんの執拗《しつよう》な言葉責めに耐え切れなくなったのか、相田さんがついに泣き出してしまった。

「うっわ、このくらいで泣くの？　弱すぎじゃない？」

江藤さんは反省する素振りも見せず、さらに面白がっている。開いている窓から入ってくる蟬の鳴き声が、教室中に広がる黒い笑い声を吸い込みながら響いていた。

たしか蟬の声は４０００ヘルツ。スマホが対応している周波数は３５００ヘルツまでなので、蟬の音は電話越しには聞こえないという。

それなら江藤さんの声は、なんヘルツなのだろうか。私の可聴域が低かったら、耳障りな声も聞こえずに済むのに。そっと目を細めて遠くの山の稜線《りょうせん》を眺めていたその時、不快な声がまた耳に飛び込んできた。

「そんなに弱いんじゃこれから生きていけないよ？　ていうかお前もう死んじゃえって！」

私は、ピクリと反応した。流れるように吐き捨てられた江藤さんの言葉を気にする様子もなく、周りはバカみたいに笑い続けている。

生徒同士の派閥があろうと、暇つぶしのイジメが起こっていようと、私は当事者になる気はこれっぽっちもなかった。相田さんの好きなものが否定され、泣き崩れてしまっても興味はないし、どうでもいいことだ。

だけど、江藤さんは今、明らかに一線を越えた。いや、私の中だけにある地雷を踏んだと言ったほうがいい。

机についていた頬杖《ほおづえ》をやめて、江藤さんのことをじっと見る。その視線にすぐに気づいたのか、彼女は鋭く睨《にら》み返してきた。

「なに見てんだよ？」

「…………」

「なんか私に文句でもあるわけ？」

文句はない。江藤さんも相田さんも心底どうだっていいけれど、さっきの言葉だけは聞き捨てならなかった。

「だったら、そっちが死ねば？」

「は？」

「人に死んじゃえって言うなら、江藤さんが死んじゃえばいいんじゃない？」

教室の空気は瞬時に凍りついた。ついさっきまで誰も気に留めずに笑っていたクラスメイトたちは互いに顔を見合わせ、目を泳がせている。怖いくらいに静まり返っている中、鬼の形相をした江藤さんが近寄ってきた。

「っざけんな！　お前、今なんて言ったんだよっ！」

「江藤さんの言葉を、そのまま返しただけだけど」

「てめえ……！」

女王様はどこへやら、一気に口が悪くなった彼女は怒りのまま私の顔を長い爪で引っ掻《か》いた。やられたらやり返すという本能が働いて、気づくと私も江藤さんの頬を叩《たた》いていた。それから擦った揉《も》んだの大騒ぎになり、教室に入ってきた担任に止められた。そんなに強く叩いたつもりはないのに、どうやら江藤さんの口の中が切れているらしい。血の味がすると瞳《ひとみ》を潤ませる彼女に対して、もう一度言い返したくなる。

『このくらいで泣くの？』

だけど、その言葉は呑《の》み込んだ。こんなの、私らしくない。今朝、屋上から予定どおりに飛び降りて死ねていたら、こんなことはしなくて済んだのに……。

――『100日間だけ、俺と友達になってくれ』

あの人のせいで、すべての計画が狂ってしまった。

「一方的な意見だけを鵜呑《うの》みにはできないから、ちゃんと柴崎の話を聞きたいんだよ」

校舎一階にある生徒指導室。私は担任の渡辺《わたなべ》先生と向き合う形で椅子に座らされていた。

もうすぐ一児の父になるらしい先生は、三十代後半の既婚者。生徒に対しては分け隔てなく接してくれるが、クラス内に漂うイジメには気づいていないようだ。

江藤さんがうまくやっているというより、周りが協力して気づかせないようにしている。やっぱりそれだけ、彼女を敵に回すことが怖いのだろう。

「江藤さんは、私のことをなんて言ってるんですか？」

「柴崎が急に頰を叩いてきたって」

「じゃあ、それでいいですよ」

私はあっけらかんと答えた。他の生徒に聞き取りをしたところで、みんなが江藤さんの肩を持つことは目に見えている。私が反論したって数では勝てないし、多くの証言を集めて自分の正当性を証明しようとも思わなかった。……だって私は、べつに相田さんを守ったわけじゃない。首を突っ込んだのは、勝手な自分の事情だ。

「いや、そういうわけにもいかんだろう。柴崎だって怪我をしてるわけだし」

「私もやり返しましたし、おあいこでいいじゃないですか」

「そんな簡単な話じゃないんだよ。お互いの意見を聞いて、それでも解決できなかったら親御さんに連絡を……」

「そ、それだけはダメ！」

思わず前のめりになって両手をついたら、机が少しだけ浮いた。自分だけならいいけれど、そこに家族が入ってくるとなると話は変わってくる。

「家への連絡が嫌なら、ちゃんと話し合おう」

うちの複雑な家庭環境を知っている先生は、諭すような言い方をした。江藤さんを叩いたことに後悔はないけれど、やっぱり余計なことはするんじゃなかった。

「わかりました。でも、話し合いは今日じゃなくてもいいですか？　あんまり、その体調がよくなくて……」

わざと声のトーンを落として、左胸を擦《さす》るような動きをした。

「え、だ、大丈夫か？」

「はい。でも今日はこのくらいで終わりにしてもらえたらありがたいです……」

「わ、わかった、わかった。体調が悪いならこのまま早退してもいいんだぞ」

「そこまでじゃないので、自分で様子を見ます」

先生が大袈裟《おおげさ》な反応をするのは、私の体がみんなと違うからだ。そのことは一部の教師だけに共有されていて、他の人たちは誰ひとりとして知らない。自分の体のことで損したことは山ほどある。だけど、都合が悪い時だけこんなふうに言い訳としてうまく使えたりもする。

＊

「なあ、柴崎いる？」

生徒指導室を出て、もうすぐ一組に着くというところで、寺島光の姿が見えた。彼は教室の出入口にいて、頭上のサッシを片手で摑《つか》みながら中を覗《のぞ》き込んでいる。

私は今朝の一幕の後、直感的に彼と関わってはいけないと感じて、そそくさと屋上から逃げた。それはつまり友達になってほしいと言われたことへの答え、謂《い》わば拒絶をわかりやすく伝えるための行動だったのに、どういうわけか寺島は、まだ私に用があるらしい。

記憶の糸を辿《たど》っても、彼の目に留まるようなことをした覚えはないし、はっきり言えば私たちは真逆の場所にいるようなもの。

寺島は教師たちも手を焼くほどの問題児である一方、友達は意外に多い。一匹狼というよりも、群れた羊という言い方がぴったりくる。交友関係に困ることはなさそうな彼が、なぜ私と友達になりたいと思ったのか。三時間が経った今も理解できない。

「えー柴崎さん？　担任に呼び出されてたから、職員室か指導室じゃないかな」

鼻にかけたような声で教えていたのは、よりにもよって江藤さんだった。彼女だけじゃなく、女子の大半はよく寺島のことを話している。『少し怖いけど、そこがいいよね』とか『顔がいいからなんでも許せる』だとか、彼と仲良くなりたいと思っている人は多くいるのだろう。

「呼び出し？　なんかやらかしたの？」

「やらかしたっていうか、あの子いきなりヒステリックになって私のことをビンタしてきたの。ほら、見て。ここのほっぺたが腫《は》れてるでしょ？」

江藤さんは保健室で手当てを受けたのか、見せつけるように大きな湿布をほっぺたに貼っていた。

私に対して怒っているであろう彼女の瞳の奥には冷たさが宿っていたが、寺島に向かっては心配して欲しそうに振る舞っている。クラスの女王様の次は、傷を負ったヒロイン。どう転がっても自分が注目されないと気が済まないのかもしれない。

悪者として扱われるのなら、やっぱり早退したほうがよかったかも……と思っていたら、ふいに寺島と目が合ってしまった。

「お、いたじゃん」

彼は江藤さんのアピールを無視して、私のほうに歩いてきた。履き潰《つぶ》した上履きの擦《こす》れる音が、キュッキュと響く。まるでデジャヴを疑いたくなるほど、寺島は今朝と同じように至近距離まで迫ってきた。

「顔にすげえ三本傷ついてる。大丈夫か？」

「……なにか、用でしょうか？」

「用っていうか、今日の放課後ってなにか予定ある？」

ざわざわ、がやがや。廊下にいる人たちのどよめきに合わせて、私の心臓も痛いくらいに上下していた。この人は、自分が目立つということをわかっていないのだろうか……。

「どうせ予定ないだろ？　ちょっと時間作ってほしいんだけど」

相手にする必要はないのに、暇であることを決めつけた言い方をされてムッとした。

「私はあなたと話すことはありません」

「お前はなくても、俺はあるんだよ」

「じゃあ、ここでしてください」

「べつにできなくもないけど、いいの？」

「はい？」

「そっちもバレたくないことは多いほうだろ」

したり顔をされて、私はなにも言い返せなくなった。

寺島とは去年も同じクラスではなかったし、委員会などで一緒になったことはおろか、話したこともなかった関係だ。

彼が私の秘密を知っているはずがない。だけど、知っているのではないかと思ってしまうほど、寺島の言動には引っ掛かるところが多すぎる。彼の口車にまんまと乗せられるのは癪《しゃく》だけど、〝100日間〟という具体的な数字の真意だけは、確かめておかなければいけないと思った。


迎えた放課後、私は寺島とファミレスにいた。夏の日差しが差し込む窓際の席に案内され、ガラス越しには駅前の賑《にぎ》わいが見える。彼は席に着いてすぐテーブルの上に置かれたタブレットを手に取り、メニューをスクロールし始めた。

「俺、BLTサンドと大盛ポテト頼むけど、柴崎はどうする？」

寺島は、画面に視線を落としたまま尋ねてきた。「私は水だけでいいです」と答えると、彼はこちらを見て困った顔をした。

「いや、それはさすがに気まずいからなんか頼んで。ここは俺が奢《おご》るから」

仕方なくタブレットに目を通すと、小さなプリンが目に留まった。寺島に奢られるつもりはないので、一番リーズナブルなデザートを頼んで、ソファに背中を預けた。

ふたりきりで話すなら人目がある場所がいいと言ったのは私だ。それがファミレスになるとは思わなかったけれど、警戒心だけはまだ強く持っている。

「そんなに怖がらなくても大丈夫だって」

タブレットを元の位置に戻した彼は、私と同じようにソファに寄りかかった。

目の前に、同級生の寺島光がいる。普段交わらない場所にいる私たちがこうして向き合って座っているなんて、どう考えても不自然な光景だった。

「それで、私に話ってなんですか？」

「まずはその敬語だけなんとかして。俺らタメじゃん」

「じゃあ、単刀直入に言うけど、いきなり友達になってくれなんて普通におかしいと思う」

「でも、俺は本気でお前と友達になりたいって思ってるよ」

「今まで喋《しゃべ》ったことすらなかったのに？」

「そう、俺は柴崎のことをなにも知らない。だからこそ、知る必要があると思っただけ」

「意味わかんない。まさか、話っていうのもそれだけじゃないよね？」

「俺が本気だって話をしに来ただけだけど？」

「……なにそれ、来なきゃよかった」

「来るよ。俺は今日の放課後、柴崎とこの店に入るって朝からわかってた。そんで俺はハンバーグのソースが跳ねて手の甲を火傷《やけど》する」

……え？　今なんて言った？

こっちの戸惑いなんてお構い無しに、彼は平然としていた。

「私のこと……からかってる？」

「からかってないよ」

「じゃあ、朝からファミレスに来ることがわかってたってなに？　そもそも寺島が頼んだのはハンバーグじゃなくてBLTサンドでしょ」

「うん、防御策として熱くないものを選んだ。でもそうしたところで――」

ガシャンッ！

彼が言い終わる前に、ホットコーヒーが入ったマグカップが降ってきた。それはテーブルの隣を通りすぎようとした女性がドリンクバーから運んできたもので、誤って指を滑らせてしまったのだ。

「す、すみません！　大丈夫ですか……!?」

女性は慌てた様子で、寺島の手を気にしている。目の前で起きた出来事に啞然《あぜん》としていた。偶然か否か熱々のコーヒーは、彼の手の甲にかかっている。

「あーこのくらい平気っすよ」

寺島は笑顔で女性を安心させるように答えていた。自分の手の甲に赤く残った痕《あと》があっても、その笑みには動揺の色が全く見えない。

「で、でも火傷をしてたら……」

「本当に大丈夫ですから」

寺島は柔らかくそう言って、不必要に女性を責めないどころか、制服にもコーヒーが飛び散っているのにクリーニング代さえ請求しなかった。その場を収めに入った店員さんがテーブルを拭《ふ》き、床にこぼれたコーヒーを片付けてくれた後に、私たちが注文した料理が運ばれてきた。

「……手、平気なの？」

「ちょっとヒリヒリするけど、大したことねーよ」

彼は何事もなかったように、大口でBLTサンドを食べている。私はまだプリンに手を伸ばせないまま、寺島の言葉と現実に起きた出来事を頭の中で反芻《はんすう》していた。

彼はさっき『ハンバーグのソースが跳ねて手の甲を火傷する』と言っていた。だから熱くないBLTサンドを頼んだと。そして実際に、彼はコーヒーだけど手の甲を火傷した。……これは一体どういうことなのだろう。

「べつに深く勘繰らなくていいよ。ハンバーグのソースじゃなくても、こうやってなんらかの不可抗力が働くだけだから」

「……全然、意味不明なんだけど……」

「意味もわからなくていい。ただ俺にとって柴崎と友達になることも避けられない運命ってことだ」

「寺島って……占い師かなんかなの？」

「井の中の蛙《かわず》ってとこかな」

「それって、当たらずといえども遠からずって言いたい？」

「似たようなもんだろ」

彼のことがわからない。わからなすぎて詐欺師に会ってしまったような気分だ。私はこのまま、高価な壺《つぼ》でも売りつけられるんじゃないかと、本気で考え始めた。

「まあ、一方的っていうのはフェアじゃねーから、俺と友達になってもいいか柴崎が見極めていいよ」

「どう、やって？」

「たとえば友達っぽいことをしていって、お互いのことを少しずつ知っていくとか？」

寺島の提案は普通の友達関係の構築方法のように聞こえるが、やっぱりなにか裏があるような気がしてならない。

「……私、友達いたことないから、そういうのもよくわかんない」

「お、じゃあ、友達ができたらしてみたいことを俺とすればいいじゃん。それで、俺がどんなやつか判断すればいい」

彼のことを信用していいのか、どうなのか。また口車にうまく乗せようとしている可能性もある。

「……寺島は100日間だけ友達になってって言ったけど、なんで100日なの？」

質問を投げかけると、寺島は一瞬だけ沈黙した。月数に表せば、約三か月。それは私の人生のタイムリミットでもある。

「単純にキリがいい数字だから」

「本当に……それだけ？」

「ポテト、食う？」

あからさまに話題を変えられた。ほら、やっぱりなにか都合が悪いことがあるんだ。

「そもそも友達っていうのは自然にできていくものだから、わざわざ『友達になろう』って約束してなるものじゃないと思う」

「急に『みつを』みたいなこと言うじゃん」

「ねえ、本当に私のことをからかってるだけなんでしょ？」

「からかうためだけにこんなことをやるほど、俺って暇に見える？」

「見える」

「うわ、ひどくね？　まあ、まあ、とりあえずプリンだけでも食えよ」

宥《なだ》めるように、プリンの器を私のほうに差し出してきた。ようやく手をつけたプリンは、少しだけ柔らかくなっていて、上に載っていたクリームも溶けていた。黙々と食べている姿を、なぜか寺島に凝視されている。

「な、なに？」

「プリンに醬油《しょうゆ》をかけたら、なに味になるか知ってる？」

「ウニでしょ」

「じゃあ、ポテトとプリンを一緒に食べたら？」

「それは知らない。なに味？」

「スイートポテト」

「絶対嘘」

「やってみ？」

言われるままに、ポテトとプリンを一緒に口に運ぶ。二つの食感と味が混ざるように咀嚼《そしやく》しても、どこにもスイートポテトの気配はない。むしろ、ポテトの塩気とプリンの甘さがぶつかり合っている。ポテトが足りなかったのかもしれないと思っていると、寺島の肩が小刻みに震えていることに気づいた。

「ぶはっ、我慢できない！　スイートポテトになるなんて、うそうそ！　まさかやってくれると思ってなかったから……くくくっ」

騙《だま》されたことが悔しくて、仕返しにポテトを半分以上も食べてやった。そんな私のことを見て、彼がまた大笑いしている。なにがそんなに面白いのかわからずため息をつきながら、窓から窺《うかが》える低木に視線を向けた。そこの植え込みに茶色のなにかがあると思えば、蟬の抜け殻が転がっている。

羽化した蟬は、どこへ飛び立ったのか。今頃うるさく鳴いているのか、それとも幼い頃を思い出して、地面の上で死を待っているのだろうか？

今日は雲ひとつない青空だったから、逝けると思った。

屋上のフェンスに足をかけたところまでは順調だったのに、私はまだ生きている。

あれもこれもぜんぶぜんぶ、目の前にいる問題児のせいだ。

2　きみと分け合い

毎晩のようにお父さんの膝《ひざ》に乗って、絵本を読んでもらっている夢を見る。
お父さんはいつだって優しかった。
ずっと傍にいてくれると思っていた。
『この疫病神！』
怒りに満ちた声が私を揺さぶる。
目の前には、こちらを睨みつけている少女がいた。
それは紛れもなく、幼い頃の自分だ。
幸せだった時間を、私自身が壊してしまった。
今日も、魘《うな》されながら目を覚ます。部屋はまだ、深い夜の中に沈んでいる。
「……はあ、もう」

ベッドから体を起こして、無造作に髪を掻《か》き上げた。汗ばんでいるパジャマが気持ち悪い。着替えよりも先に、喉《のど》の渇きをなんとかしたくてリビングへと急ぐ。冷蔵庫から冷えたミネラルウォーターを取り出し、喉を鳴らす勢いで一気飲みをした。冷たい水が体を巡り、汗がすっと引いていくのがわかる。

「こんな夜更けに、どうしたの？」

その声に、ビクッと肩が震える。振り向くと、そこには義母の陽子《ようこ》さんがいた。私と同じで水を飲みにきたらしい陽子さんと私の間に、血の繋《つな》がりはない。

「あ、ちょ、ちょっと目が覚めちゃって……」

「体に障るから早く寝なさい」

「は、はい」

陽子さんがリビングを出ていくと、安堵《あんど》のため息をついた。

陽子さんが私のお母さんになったのは今から八年前——小学三年生の時だ。それまでお父さんとふたりで暮らしていたが、陽子さんと再婚したことによって、私には母だけじゃなく、二つ上の姉もできた。いきなり家族が増えたことに戸惑うこともあったけれど、陽子さんもお姉ちゃんになった乃亜《のあ》ちゃんも優しくしてくれた。

血縁なんて関係ない。これからは四人家族として幸せに暮らしていくと思っていたが、その日常は一年前に音もなく崩れた。お父さんが仕事場で倒れ、そのまま帰らぬ人となったのだ。

死因は最後までわからず、突然死と判断されたけれど、医師は過労が原因だったのではないかと推測していた。お父さんは昼夜問わずに働いていた。私の……治療費のために。


私は生まれつき心臓の形状に問題がある。血液の流れが普通の人とは異なり、医師たちは心臓移植が最善の選択肢だと勧めてきた。

幼い頃から何日も病院のベッドで過ごすことが多かった私はその重要性を理解していたが、どこかで現実のものとして受け入れられていなかった。

お父さんはそんな私をつねに支えてくれていた。心臓移植の手続きを早速進め、私の名前を希望者リストに登録した。国内のドナー不足などの事情により、海外での移植も想定していた。移植にかかる費用の心配はしなくていいと、誰よりも私の心臓に適合するドナーが現れることを願っていたのに、お父さんのほうが早く天国に行ってしまうなんて、想像もしてなかった。

お父さんの死は、私たち家族を一気に変えた。もう、お父さんが繋いでくれた仲良しな家族はどこにもいない。陽子さんと私はギクシャクした関係に陥り、乃亜ちゃんも家を出てしまった。

私は夢の中で言っていたとおりの疫病神。本当のお母さんの命と引き換えに生まれてきた時から、ずっとずっと。

だから神様は私に不良品の心臓を与えた。私はなにも望んではいけない。やりたいことも、叶《かな》えたいことも、なにひとつ持つべきではない。

——『じゃあ、友達ができたらしてみたいことを俺とすればいいじゃん』

こっちの事情も知らないで勝手なことを言う寺島は、怖い人じゃなくて変な人だ。

＊

翌日、私はまた生徒指導室にいた。個別での話し合いは平行線をたどり、今日は江藤さんと同時に呼び出されていた。生徒指導室は薄暗く、重苦しい空気が漂っている。部屋の片隅には古びた書類が山積みになり、壁には過去の行事のポスターが所々剝《は》がれかけて貼られていた。

「だーかーら、私は被害者なの！」

江藤さんは終始不満そうな顔をして、自分の潔白を渡辺先生に主張し続けている。彼女の高く張り詰めた声が、部屋の空気を一層緊張させた。

「クラスのみんなにも聞き取りをしたんでしょ？　私が一方的に柴崎さんに叩《たた》かれたことはもう証明されてると思うんですけど」

渡辺先生はため息《いき》をつきながら、手元の書類を見返した。その姿は、いかにも疲れきった様子だ。

「もちろん聞き取りはしたけど、相田だけは柴崎は自分のことを庇《かば》ってくれただけだって言ってたよ」

「そんなのデタラメに決まってるじゃん。大体こっちは口の中が切れてて病院代を請求したっていいのに、穏便に済ませたいから我慢してるんです。せめて柴崎さんは深々と私に謝るべきじゃないですか？」

江藤さんの言葉に、渡辺先生も困り果てていた。

これ以上、話し合いが長引けば家に連絡がいって、陽子さんの耳に入ってしまう。こういう時、下手なプライドがなくてよかったと思う。私はあっさりと江藤さんに頭を下げた。これで事が収まるなら、謝ることくらいなんてことはない。彼女はそれでいいのよ、と言わんばかりの表情で、満足げにしていた。

生徒指導室を出て廊下を歩いていると、相田さんが私の名前を呼びながら駆け寄ってきた。顔色は青白く、今にも泣き出しそうな表情をしている。先ほど一足先に教室に戻っていった江藤さんは、きっと今頃上機嫌で私が謝罪した話をクラスメイトたちに披露しているだろう。

「私のせいで、ごめんなさい……」

両手を胸の前でぎゅっと握りしめた相田さんは、申し訳なさそうに眉《まゆ》を下げた。

「勝手にやったことだからいいよ」

「それでも本当にごめんね。私のことを庇ってくれてありがとう」

「庇ってないよ。私はただ……」

続きの言葉が、うまく出なかった。私はただ、江藤さんが相田さんに向けて言った『死んじゃえ』という一言が許せなかっただけだった。

だけど冷静に考えれば、屋上から飛び降りようとしていた私に、死生観をとやかく言う資格はなかった。生きることよりも、死ぬことのほうが近いからこそ、誰になんと思われようとなんだっていいし、どうでもいい。

「……柴崎さん！」

だからこそ、私は簡単に江藤さんに謝った。私の中に少しでも『相田さんのため』という気持ちがあれば、あの場面で頭を下げるより、イジメを告発していたはずだ。誰かを思いやる心なんて……今の私にはない。

「謝罪もお礼も本当にいらないから」

勘違いされないように、そそくさと相田さんと距離を取った。

――『あなたの心臓は、もって三か月だと思ってください』

通院している病院でそう宣告されたのは、二週間ほど前のことだった。定期検査の結果を聞きに、この日だけは陽子さんと一緒に来てくださいと医師に言われた時から、なんとなく予感はしていた。

診察室の冷たい椅子に座る私の隣で、陽子さんは終始無言だった。医師の口から告げられた言葉は重く、その場の空気が一瞬にして凍りついたが、私自身はさほど驚きはしなかった。お父さんがいたらショックで泣き叫んでいただろうけれど、私と同じで陽子さんも落ち着いて主治医の先生の話を聞いていたように思う。

お父さんが体を酷使しながら働いていた時、陽子さんは必死に止めていた。『もう少し休んだら？』『このままだと倒れてしまうわ』お父さんに何度も何度も問いかけていた陽子さんの姿が思い出される。それでもお父さんは、私の治療費のために無理をし続けた。

陽子さんは、私を責めない。だけど、お父さんがいなくなってから、少しずつ変わった。なにかを言われたり、なにかをされたわけじゃない。だけど、お味噌汁《みそしる》の香りが漂うリビングで、向かい合って無言で食事をする陽子さんの影が、心の冷たさを物語っていた。

当然だと思う。最愛の人を亡くす結果になっただけじゃなく、その原因を作った義理の娘と、これからも暮らしていかなければいけないのだから、心の置き所なんてあるはずがない。

……あと三か月なんて待っていられない。私が消えれば、陽子さんを解放してあげられる。陽子さんのために、私は消えるべきなんだ。そうやって自分自身に言い聞かせるたびに、お父さんの顔が浮かび上がる。お父さんに会いたい。

「やっと捕まえた」

「……わっ」

突然、後ろから首に手を回され、驚きの声が自然と口から漏れた。顔を上げると、呆《あき》れた顔をした寺島と目が合った。彼が今朝から私のクラスの前を行ったり来たりしていたことには気づいていたが、見つかると面倒なのでうまく身を隠していた。

「ったく、ちょこまかと逃げやがって」

「べつに逃げてないし、私はそっちに用なんてないから」

私の冷たさなんて関係ないほど、寺島の手は温かかった。昨日一緒にファミレスに行ったのは、100日という数字の具体性が気になっただけだし、なにを言われようとも私は誰とも関わる気がない。学校の廊下はざわめきと共に生徒たちが行き交い、何人かがまた私たちに視線を送っていた。

「とりあえず、このまま強制的に連行な」

「え、ま、待って。これから授業……」

「授業よりこっちのほうが大事だろ」

寺島は私の意見なんて聞かずに、ぐいぐいと手を引いた。彼の手はしっかりと私の手首をつかんでいて、小さな反抗も無意味に思えるほどだった。

授業をサボったりしたら陽子さんに連絡がいくかもしれない。ただでさえ波風を立てないように気をつけているのに、なんでこの人はそうまでして私に絡んでくるの？

机と椅子が整然と並び、棚の中には調理実習で使う器具が置かれている。寺島は慣れたように家庭科室の椅子に腰かけ、カツサンドを頬張り始めた。そのカツサンドは見たことのない大きさをしていて、分厚いカツがパンからはみ出している。

「……え、なんで今パンを食べるの？」

「ちょっと早い昼飯だよ」

「昼って、まだ三時間目だけど……」

「これコンビニのカツサンドなんだけど、マジでコスパが最高でさ。食ったことある？」

話が全然嚙《か》み合わない。パンを自慢気に見せられても反応に困るし、早めの昼食がしたいだけなら、ひとりですればいいのにと、呆れた顔で彼を見つめる。そんなことを思っている間に、授業のチャイムが鳴り響いた。その音が、学校生活の一部であることを思い出させ、少し現実に引き戻された。

「はっきり言うけど、私は寺島と友達にはならないよ」

「俺もはっきり言ったじゃん。友達になってもいいか柴崎が見極めろって」

「じゃあ、見極めた結果、寺島とは友達にはなれないと思いました。ごめんなさい」

「友達としてみたいことを一個もやってないだろ？」

「友達なんていらない。してみたいこともなにもないから」

余命宣告をされた時、私はどこかホッとした。死んでもいい理由ができたとさえ、思った。こんな私に構うなんて、本当に時間の無駄だと思う。だからこそ、彼の真剣な眼差《まなざ》しが鬱陶《うっとう》しく感じられた。

「じゃあ、話を変えるわ。柴崎はいつも昼飯はどこで食ってんの？」

「え、どこって教室だけど……」

「次から俺と食う？」

「は、え……？」

思わず間抜けな声を出していた。「ここ、静かでいいだろ？」なんて、まるで彼は家庭科室が自分のものみたいな言い方をしている。

「た、食べるわけないでしょ？」

「教室でひとりのほうがいいの？」

「それは……」

いいとは言えない。昼休みになれば、クラスメイトたちはグループを作る。今までは自分の席で黙々と購買部のおにぎりを食べていたけれど、おそらくこれからは透明人間ではいられない。江藤さんたちが面白おかしく絡んでくることは明白だ。

一瞬の沈黙の後、私は視線を逸《そ》らした。家庭科室の窓の外には、青々と生い茂る大きな欅《けやき》が見える。その枝葉は風で揺れ、太陽の光を受けて煌《きら》めいていた。窓を閉めているからか、外の世界の喧騒《けんそう》は遮断され、蝉の声はひとつも聞こえない。

「寺島は……いつも友達と一緒に食べてるんでしょ？」

「お前も友達だよ」

彼が迷いなく言った言葉に驚き、眉《まゆ》をひそめる。カツサンドみたいに友達にも厚さがある。切っても切れないような厚い関係もあれば、ぺらぺらに薄い関係もあるだろう。私たちは圧倒的に後者だ。なのに寺島は私のことを、昔から知っている友達みたいに接してくる。

「なんで……なんで私なの？」

心の奥底に潜んでいた疑問が溢《あふ》れ出した。今まで寺島を校舎で見かけることは何度もあった。威圧感があっても周りから『てら、てら』と親しみやすい愛称で呼ばれたりもしている彼は、どう考えたって私と関わるべきではない。

「なんでって、柴崎のことが知りたいからだよ。だってお前、いっつも死にたそうに空見てんだもん」

その言葉にびっくりして、思わず固まった。この学校では誰も私に関心がないから、死にたい気持ちで空を見ていても気づかれることなんてないと思っていた。

「いつから……見てたの？」

「いつからって言われても困るけど、なんか俺、いつの間にかお前を見てるのが日課になってるみたい」

そんなの、勝手に日課にしないでほしい。窓ガラスに映り込む欅のざわめきが、私の心の動揺を表しているようだった。

「あ、やべ。俺、そろそろ学年主任に見つかって、説教される時間だわ」

おもむろにスマホを取り出した彼は、時計を確認するなり急に立ち上がった。またおかしなことを言い出したかと思えば、私のことを勝手に連れてきたくせに、勝手に家庭科室を出ていこうとしている。

「大丈夫。柴崎は死ぬことを選ばねーよ。少なくとも100日後まではな」

意味不明な言葉の意味を問いかける暇もなく、扉が閉まった。ひとりきりの部屋にぽつんと取り残された私は、なんとも言えない孤独感に包まれた。寺島の足音が消えていく余韻が広がる中、ふと机の上を見た。

彼が座っていた場所には、カツサンドがもう一つ残されている。袋に手を伸ばすと、そこには【お前のぶん！】と大きな字で書かれていた。さっき書いていた素振りはなかったから、最初から用意していたのだろうか。私が一緒に家庭科室に来るとは限らないのに。

〝俺は今日の放課後、柴崎とこの店に入るって朝からわかってた〞

まさか、またわかっていたとでも言うの？

「……やっぱり、変な人」

カツサンドを持ったら、パンとは思えないほどの重量があった。こんなの、ひとりじゃ食べきれない。これを半分ずつにして食べてくれる友達がいればいいのに。そんなことが頭に浮かんだ。友達としてみたいこと。なにも望んではいけないと打ち消していたものがゆっくりと浮上してくる。

本当は友達と内緒で授業をサボってみたい。

ひそかに願っていたことは、もしかしたらもう叶《かな》ってしまったのかもしれない。

きっと彼はまた私の前に現れる。きみのせいで今日も私は死に損ないだ。

＊＊＊

一説によると、脳というのは全体の２％しか使われていないらしい。

役割が判明していない部分をサイレントエリア、なんて呼ぶ研究者もいるそうで、要するに人間は潜在能力だらけだということだ。

そう思うと、俺はなにかの手違いで脳の使用率がバグったことになるんだと思う。

「あ、てら帰ってきた！　おかえり〜！」

学年主任からの説教が終わり教室に入ると、いつもつるんでいるやつらが声をかけてきた。二組はどういうわけか素行が悪い生徒が多く集まっていることもあり、わりと存在が浮くこともなく、クラスに溶け込むことができている。

「おつかれー。今日はどんな説教されたん？」

自分の席に座って一息ついたところで、一番仲がいい新山荒太《にいやまあらた》が近寄ってきた。荒太は高校に入ってからできた友達で、獅子《しし》のように見える髪型と快活な性格が特徴だ。誰に対してもダル絡みをするぶん話しやすさはピカイチで、俺もなんだかんだ一緒にいる。

「普通に髪色のこととかピアスのこととか。あとこれ以上無断欠席すんなって」

「これ以上したら留年確定？」

「さあ。でも留年はべつにどうでもいい。どうせ来年の話だし」

「いやいや、てらいないとつまんないから、一緒に三年になろうぜ！」

「まあ、これからはなるべく学校はサボらないようにするよ。あんまり時間もないしてらっては都合が悪くなると黙る癖があるよな。そんなんじゃ奈央ちゃんのことなんて口説けねーよ？」

「は？　なに？　奈央ちゃん？」

「うん。てらが最近狙ってる一組の柴崎奈央ちゃん」

荒太は俺の反応を楽しんでいるような顔をしていた。「狙ってないし」と一瞥《いちべつ》しながら、長いため息を漏らした。

「だって前にあの子の名前なに？　って俺に聞いてきたじゃん。そこでピンときたわけよ。あーついにてらにも春がきたかって」

「アホか」

たしかに俺は、荒太に柴崎の名前を聞いた。同級生とはいえ他のクラスで接点がなかったため、彼女のことを知ったのは、二週間ほど前のことだ。

柴崎奈央を認識してから、俺はその姿を目で追った。どんな人物なのか遠巻きに観察してわかったのは、いつもひとりで、いつも無表情、いつも空ばかりを見ていることだけ。それじゃ埒《らち》が明かないと思い、近づくタイミングを窺《うかが》っていたところ、前触れもなく好機が訪れた。

――『100日間だけ、俺と友達になってくれ』

学校の屋上で放った言葉は、自分のためでもあった。どんなに怪しまれても、どんなに強引でも、俺には柴崎のことを深く知らなければいけない理由がある。

＊

放課後。荒太から遊びに誘われたが、珍しくまっすぐ家に帰った。

うちの家族は警備会社勤務の親父と、パート兼主婦の母さん。そして半年前から飼っているインコがいる。

二階にある自分の部屋へと向かう途中、廊下の飾り棚が目に入った。そこには、俺の七五三の写真がいまだに飾られている。写真立ては、一切埃《ほこり》を被《かぶ》っていない。母さんが毎日、掃除しているからだろう。少しだけ痛む心を落ち着かせながら、部屋のドアを開けた。

「おい、飯だぞ」

俺の顔を見るなり、鳥かごの中でキャベツが羽を広げて暴れ始めた。キャベツという名前は、元々の飼い主である親父の同僚がつけたそうで、由来は単純に体の色が緑だったからららしい。その人が諸事情で飼えなくなったため、親父が譲り受けたけれど、なぜか俺が世話担当になっている。鳥かごは部屋の一番いい場所、窓際に設置されていた。

「お前、本当に緑色のものしか食わねーよな」

キャベツの飯は小松菜に水菜にパセリ。大好物は豆苗で、ちなみにキャベツは食わない。

人間で言うと二歳児並みの知能があるらしいキャベツが、俺のことをどのように見ているかは知らないけれど、こうして手渡しで餌をやれるのは、今のところ俺だけだ。

鳥は好きでも嫌いでもないが、キャベツは鳴かないし、部屋の中で放鳥しても大人しい。愛嬌《あいきょう》もあって、そこそこ可愛がっているつもりだけど、ひとつだけ許せない不満がある。それは……。

「ちょっと！　また学校から電話がかかってきたわよ！」

突然、甲高い声が聞こえて心臓が縮み上がった。

「人様に迷惑かけることだけはするなって、いつもいつも言ってるでしょ！」

「聞いてるの？　返事くらいしなさい！」

「……おいおい、勘弁してくれ」

母さんと同じ口調で喋《しゃべ》り始めたキャベツに頭を抱えた。インコには、聞いた音を真似して発声するというコミュニケーション能力がある。根気強く同じ言葉を繰り返すことで人間のように話したりできるらしいが、裏を返せばそれだけ俺が同じ言葉で怒られているということにもなる。

「こんなの、覚えるなよ……」

「人様に迷惑かけることだけはするなって、いつもいつも言ってるでしょ！」

「だー、やめろっ！」

キャベツの口を塞《ふさ》ごうとしたら、手を突っつかれた。

中学生の頃、俺は親が大嫌いだった。自分の世界が狭く、親の存在が大きくて、息苦しかった。反抗しすぎて親父に殴られたこともあるし、母さんが俺のために謝っている姿だって何度も見てきた。

心が痛むどころか、なんとも思わなかった。反抗期は長い期間続き、高校に入ってすぐ反対を押しきって二輪の免許を取ったのもその一環だった。

可愛がってもらっていた先輩からバイクを譲ってもらったことで、家に帰らず毎日のように夜の街で遊んだ。バイクのエンジン音が、まるで自分の魂の叫びみたいに思えて気持ち良かった。そんな毎日が自分の日常だったし、変える気もなかったし、たとえ誰にも迷惑をかけていなくても、誰かに迷惑をかけているはずだって思われても仕方ない生活を送っていた。

……だから、両親が〝あの選択〟をしたことは当然のことだと思っている。

ガタッ。その時、玄関のほうから音がした。

「おかえり」

「ひゃっ！」

パートから帰ってきた母さんを出迎えると、まるで泥棒でもいたみたいな顔で驚かれた。

「やだ、もう。まっすぐ家に帰ってくるなんて珍しいじゃないの。あ、さてはなにか悪いことでもしたんでしょう？」

「してねーって」

周りから最近は角が取れて丸くなったって、よく言われる。自覚はないけれど、一切母さんと口を利かなかった頃を思えば、多少は落ち着いてきたのかもしれない。

母さんはエプロンをつけ、キッチンへと直行した。夕飯の準備の音が、リビングに広がっていく。その様子をぼんやり眺めていると、自分の腹がぐぅっと鳴った。

「どうせ今日もご飯はいらないんでしょ？」

母さんが肩越しに、こちらを見ながら尋ねてきた。

「いや、今日は家で食べるよ」

その言葉に、再び母さんは驚きの表情を浮かべた。包丁を動かす手を止めて、本気の心配顔で振り返る。

「ちょっと、本当にどうしたの？　熱でもある？」

「これからは毎日じゃなくても、なるべく家で飯を食おうかって。母さんの飯もいつまで食えるかわかんねーし」

「なによ、いなくなるみたいな言い方しちゃって」

――『……この子が、光が誰かの役に立てるのなら、どうかよろしくお願いします』

脳裏に、母さんの泣き声がこびりついている。それはまだ現実には起こっていないこと。だけど、必ず起きることでもあった。

俺には未来が視えるという不思議な力がある。

芽生えたのは、小学三年生の時。脇見運転をしていたトラックに轢《ひ》かれそうになったことがきっかけで、なぜか未来がわかるようになった。

最初は半年に一回、そのうちに一か月、一週間、一日と少しずつ未来がわかる感覚が短くなって、今では周期なんて関係なく、視えるようになってしまった。

――予知能力。近い未来の光景が頭の中に入ってくること。この不可思議な力に名前があるとしたら、まさしくこれに近いだろう。

でも、世の中の天変地異や大事件が視えるわけではない。視えるのは、あくまで自分に関する未来だけだ。予知した未来は必ず訪れる。良いことも悪いことも。だから最初のうちは、自分に不都合な未来を変えようと必死になった。

例えば、小学生時代に親友と喧嘩《けんか》をして絶交するという予知をした時、俺は喧嘩をしないようにそいつと距離を取った。結局、それが原因で親友だったやつとは疎遠になった。

中学の時、他校の生徒に濡《ぬ》れ衣《ぎぬ》を着せられて警察沙汰《ざた》になるという予知をした時だって、色々な試行錯誤をしたが、やっぱりそのとおりになった。

この前のファミレスの時もそう。行き着くルートは変えられても、絶対に結果は回避することはできない。

もちろん、悪いことばかりではなく、いい未来を視ることもある。美人の先輩に告白される予知をしたこともあるし、テストの山勘が当たって赤点を免れるという予知を、先ほどの学校帰りにしたばかり。どうやら今年の夏休みは補習を受けずに済むらしい。

この力のことは誰にも話していない。どうせ信じないだろうし、仮に信じてもらえたとしても、それが必ずしも自分にとってプラスになるとは限らないから、今後も誰かに打ち明けるつもりはない。

未来が視えるのは、いつだって突然だ。瞬間的に体に電気が走る時もあれば、予知夢として眠っている間にわかる時もある。

あいつとの……柴崎との未来が視えたのは夢のほうでだった。

どうあっても変えることはできない、100日後に訪れる俺の未来だ。

3　きみと歩み合い

時々、自分の未来が視えたらいいのにと思う時がある。

そうしたらお父さんも死なずに済んだかもしれないし、陽子さんや乃亜ちゃんともうまくやれたかもしれないのに。

そんなことを悶々《もんもん》と考えてしまう夜がある。

そんな夜は、いつだって溺《おぼ》れそうなほど深くて暗い。


「ねえ、相田。あんた無駄に頭いいんだから、私の課題代わりにやってよ」

いつもと変わらない騒がしい教室。渡辺先生が出張でいないのをいいことに、江藤さんがまた高飛車な態度を取っていた。江藤さんの発言に便乗するように、クラスの女子たちも次々と相田さんの机にノートを重ねている。相田さんの眉間《みけん》には小さなしわが寄り、困惑の表情が浮かんでいた。

「か、課題は自分でやらないと……」

彼女の細い声が、教室のざわめきの中で消えていく。相田さんの顔には、恐怖と戸惑いが交じっていた。

「はあ？　私に口答えするわけ？」

江藤さんがわざと相田さんのペンケースを倒すと、カラカラとした音を立てて、色とりどりのペンが床に散らばった。教室の床に転がっているペンに、誰もが見て見ぬふりをしている。

「課題、やらなかったら許さないから」

江藤さんはそんな捨て台詞《ぜりふ》を吐いて、仲間の女子と一緒に廊下に出ていった。

黙々とペンを拾っている相田さんに対して、他の生徒たちは、なにも見えていないように、ひたすら友達と喋ったり、教科書に目を落としたりしていた。江藤さんがいないとはいえ、みんな自分が可愛いから余計なことをして巻き込まれたくないと思っているのだろう。

次の教室移動の準備をするために、理科の教科書を出したら、ページが大きく破れていた。裂け目は無造作で、教科書の中の元素記号が無惨な姿をしている。

机の奥にもなにかある気がして確認すると、紙パックのゴミが入れられていた。ジュースの残り汁が少しこぼれ、机の中に不快な湿り気と匂いを残している。

……またか。相田さんほどではなくても、江藤さんに逆らってから小さな嫌がらせを受けるようになった。だけど、私はやっぱりなにも感じることができない。まるで、心をどこかに置き忘れてきたみたいに。

お父さんとふたりで暮らしていた頃から、人付き合いは得意じゃなかった。持病のせいで体育はほとんど見学だったし、クラスの子に誘われても外遊びができなかったため、私と友達になってくれる人なんていなかった。

寂しいと思えば本当にそうなってしまう気がして、寂しいという気持ちを自分の中から消した。そうしたら途端に息が吸いやすくなったから、今度は苦しい気持ちも消した。寂しさと苦しさを失《な》くした代償なのか、どんなことが起きても泣けなくなった。

だから、お父さんが死んでしまった時も、陽子さんから冷たくされた時も、余命宣告された時も、涙は一滴もこぼれなかった。

「……あ、」

破れた教科書を抱えて席を立ったら、誰かのシャーペンを踏んだ。ウサギのチャームがついているそれは、おそらく相田さんのものだ。勢い余って、私のところまで転がってきたのだろう。しばらくそのシャーペンを見つめて、どうしようか迷った。拾って手渡すべきか、気づかなかったふりをして無視するか。ここで拾うことに躊躇《ちゅうちょ》すれば、クラスメイトたちだけじゃなく、江藤さんとも同じになる気がした。

「相田さん、これ」

シャーペンを差し出すと、彼女は驚いた顔をしていた。この前、相田さんからのお礼をあしらってしまったから、私から声をかけられるとは思っていなかったのかもしれない。

「このシャーペン、相田さんのでしょ？」

「え、う、うん。あれ、全部拾ったと思ったのに、まだ落ちてたのがあったんだ。見つけてくれてありがとう」

強張《こわば》っていた表情を変えて、相田さんが嬉《うれ》しそうに笑った。この前の時も思ったけれど、相田さんはちゃんと目を見て話す。声の印象も明るい感じだから、もしかしたら本当はお喋りな一面があったりするのかもしれない、なんて少し思った。

「相田さんは……なんで江藤さんに目を付けられてるの？」

気づけば、そんなことを自分から聞いていた。

「うーん……私にもよくわからないけど、去年からこんな感じだから」

相田さんは少し俯《うつむ》きながら、遠い目をして答えた。どうやら、イジメは一年生の時から続いているようだ。首を突っ込むつもりはないし、私が口を挟んだところで江藤さんが逆上することは明らかだ。

「相田さんには心があるから、あんな人たちにすり減らされちゃうのは勿体《もったい》ないよ」

世の中には、言葉が通じない人が一定数いて、人を傷つけて喜びを感じる人だっている。そんな人たちに、心を小さくされる必要はないと思う。

「柴崎さんって、漫画のヒーローみたいだね」

「え、ヒ、ヒーロー？」

「うん。だって、二回も私のことを助けてくれた」

いつもの調子で否定しそうになったけれど、私がしたことをどう受け取るかは相田さんの自由だ。教室の時計をちらりと見上げると、もうすぐ予鈴が鳴る時刻だった。

いつの間にか教室には、私たち以外、誰もいなくなっていた。授業に遅れないように理科室に向かおうとしたら、なぜか相田さんに引き止められた。

「あ、あの、実験のペアってもう決まってたりする？」

先週の理科の授業で、ペアを決めておくように言われていたが、もちろん誰とも組んでいない。

「もしまだだったら、私とペアになってくれないかな……？」

「あー、まあ、べつにいいけど」

「え、本当!?」

誘いを受け入れたのは、断ったところでどうせ余った人同士で組むことになるからだ。それなのに、相田さんはまた嬉しそうな顔をしていた。

授業が始まってすぐ、炎色反応の実験の準備が整い、理科室には期待と緊張が溢《あふ》れていた。先生の説明が終わると、私たちは液体を取り扱うための道具を手にした。

いくつかの試験管には、銅やナトリウム、カルシウムといった金属塩の溶液が用意されている。この溶液を染み込ませた綿をガスバーナーの炎に近づけ、その炎の色の変化を観察するのが今日の実験だ。

ナトリウムが炎を黄色に染め、カルシウムがそれを橙赤色に変える。それぞれの反応が予想通りに進んでいく中、ふと机に残されている落書きに目が留まった。

〝てらと付き合いたーい♡〟

黒光りしている文字には、そう書かれていた。寺島は見た目がいいということもあり、女子からかなりの人気を博している。

彼の周りにはつねに友達の輪が広がっていて、悪い噂が絶えないにも拘《かか》わらず、なぜか誰からも嫌われていない。きっと寺島は、生き方が上手なんだと思う。そういう意味で言えば、私とは真逆の場所にいる人だ。

「……あっ」

ぼんやりしていた私は、不意に持っていた綿を放した。ガスバーナーの炎に指が触れる寸前だったため、急いで手を引っ込めたが、指先にじんとした熱を感じた。

「し、柴崎さん、大丈夫⁉」

ペアになっている相田さんが、自分のことのように慌てている。「すぐに冷やしたほうがいいよ！」と、実験台の蛇口をひねり、手早く水を出してくれた。

「そんなに大袈裟《おおげさ》にならなくても平気だよ。軽くかすっただけだから」

指を冷たい水にさらしたおかげで、痛みが引いていくのを感じた。本当に大したことはないというのに、相田さんの心配は収まらない。

「でも赤くなってるし、火傷《やけど》ってあとから化膿《かのう》したりするから、念のために保健室で見てもらったほうがいいと思うよ」

「……うん」

私は相田さんからの優しさを、うまく受け取ることができなかった。

彼女がすごくいい子だということは、なんとなくわかっている。江藤さんに臆《おく》することなく、誰か相田さんの良さに気づく人がいればいいのに。それで、相田さんの好きなことを否定しない、優しい友達が見つかればいいのにと思う。だって、この命にはタイムリミットがある。仲良くなって、友達になって、じゃあ、そのあとは？

……私は、相田さんに寄り添ってあげることはできない。

私が一緒にいてあげたところで、またひとりにさせてしまう未来が待っている。中途半端なことをして傷つけるくらいなら、やっぱり私は誰とも深く関わるべきではない。

＊

午前授業が終わり、昼休みが訪れた。一斉にお弁当を広げ始めるクラスメイトたちを横目に、購買部へと向かう準備をしていたら、廊下から大声で名前を呼ばれた。

「柴崎、飯いくぞ！」

唐突な呼びかけにカバンからお財布を取り出す動きが止まった。その声の主は遠慮など一切せず、まっすぐこちらに向かってきた。

「一緒に食べるって、約束しただろ？」

寺島は私の机までやってきて、またも大きな声で周囲に誤解されそうなことを言い出した。たしかに先週、そんな会話を交わしたけれど、私は一緒に食べることを許可した覚えはない。

「え、なんで寺島くんが柴崎さんを誘いにくるわけ？」

「そういえば、この前も教室まで捜しに来てたよね？」

「えー寺島くんって、柴崎さんみたいな子がタイプなのかな。だとしたらショックなんだけど……」

教室内はすぐに女子たちの声で騒がしくなり、色々な憶測が飛び交った。そんな中、ふと目についたのは江藤さんの視線だった。彼女は面白くないという顔つきで、私を睨《にら》みつけている。

「……はあ、ちょっと来て」

私は寺島を教室の外に連れ出した。人目を避けるように廊下の隅に立ち、いつも以上にはっきりとした口調で言った。

「人がいる場所で馴《な》れ馴れしくするのはやめてよ」

私と話している寺島を見たくない女子は多いだろうし、それこそ理科室に書いてあった落書きみたいに、好意を寄せている人だっているはずだ。

「だってお前の連絡先知らないし、ああして教室まで行かないと話せないじゃん」

「………」

話すことなんてないと伝えたところで、どうせまた押しきられるだけだ。どうしたらいいんだろう。どうしたら、寺島は私にかまうことをやめてくれるのだろうか。人と一線を引いてきた代償なのか、諦《あきら》めさせる言葉がなにも浮かばない。

「とりあえず腹減ったから、話の続きは別の場所でしよう」

彼を説得する方法を模索しながら、私は大人しく付いていった。また家庭科室かと思いきや、寺島が向かったのは学校の屋上だった。

去年まで生徒たちの昼食場所として一番人気だったけれど、ここで花火をする騒動があったことで昼休みの使用は禁止になった。……とはいえ、寺島がそんな規則を気にするわけもなく、屋上の扉を軽々と開け放った。屋上は屋根がないので日差しが強かったが、そのぶん風通しがよく、校舎内よりも涼しく感じられた。

「柴崎って、高いところ平気なタイプ？」

「え？」

「高所恐怖症とかじゃない？」

「違うけど……」

「じゃあ、こっち」

そう言って足をかけたのは、塔屋まで続いているタラップだ。そこは友達になってくれと言われたあの日に、彼が飛び降りてきた場所でもある。慣れた様子で軽々と登っていった寺島は、あっという間に頂上に着いてしまった。

「ほら、来いよ」

振り向いた彼が、手を差し出している。おそるおそるタラップに足をかけ、最後は引き上げられる形で私も塔屋にたどり着いた。

「わっ、すごい眺め……」

視線の先には、ミニチュアみたいに並んでいる街の景色があった。遠くまで見渡せるおかげか、うっすらと浮かんでいる山も確認できる。青空の中で広がっている風景は、まるで絵画のようだった。髪の毛が風に煽《あお》られて体ごと持っていかれそうになったけれど、寺島が優しく支えてくれた。

「これ、今日のぶん」

塔屋に並んで座ると、彼は一つの袋を差し出してきた。それはカツサンドではなく、エビカツサンドが入っていた。……また大きい。

「これいくら？　この前のぶんと合わせて払うから」

「いいよ。柴崎が俺に懐くように餌付《えづ》けしてんだから」

「え、餌付け？」

「うん、キャベツみたいに」

「キャ、キャベツ⁉」

思わず、声が裏返った。おかしなことを言い出すのは今に始まったことではないけれど、なんでいきなりキャベツが出てくるんだろうか……。

「あれ、その指どうした？」

私はとっさに、右手の人差し指を隠した。まだ少しだけ赤くなっている指はヒリヒリするが、手当てするほどではないと自己判断して保健室には行ってない。

「べつになんでもないよ」

「ちょっと見せて」

「平気だってば……あっ」

「これ後から一皮めくれるやつだわ。軟膏《なんこう》は……持ってるわけねーよな。保健室にあったっけ」

「そんなの塗らなくて大丈夫だから」

寺島に触れられている手を慌てて引っ込めた。さっき引き上げてもらった時も思ったけれど、彼の手はとても大きい。私はお父さん以外の男の人に手を触られたのは初めてだけど、なんとなく彼は女子に慣れているように見える。こうして一緒にお昼ごはんを食べたい人なんて、山ほどいるだろうに。

寺島も、悪い人ではないことはわかっている。だからこそ、彼の大切な時間を奪ってはいけないと強く思う。

……その時、ふと、寺島を諦めさせる方法を思い付いた。彼は私に、友達になってもいいか見極めろと言った。つまりなにかを一緒にしてみて、やっぱり友達にはなれませんと伝えるのが一番いいのではないか。そうすれば納得して、私から離れてくれるんじゃないかって思った。

「ねえ、友達としてみたいことって、友達ができたら頼みたいと思ってたことでもいいの？」

「お、なに？」

「一緒に付いてきてほしい場所があるんだ」

それは自分ひとりでは、どうしても勇気が出なくて行けないところでもあった。

放課後、私たちは駅にいた。目的地は都内にある短期大学。電車を乗り継いで行くと思いきや、寺島はなぜか駐輪場に向かった。そこにあったのは、黒色の二輪バイクだった。

「これって……寺島の？」

「うん、そう」

「学校までバイク通学だったんだ」

「いや、遅刻しそうな時だったり、歩くのダルいなって日に使ってるだけ」

「え、申請出してないの？」

「うちからだと徒歩圏内だし、申請出しても通らないよ。ほら、これお前の」

座席シートを開けた彼は、そこからフルフェイスのヘルメットを取り出した。どうやら電車ではなく、バイクで行くらしい。

「私、バイク乗ったことない……」

「運転するのは俺だから」

「これって二人乗りしていいやつ？」

「さすがにそこは違反してないから安心して。あ、下に穿《は》くジャージとかある？」

「ジャージはカバンに入ってる」

スカートの下にジャージを穿いた後、ヘルメットを受け取った。どうやって被《かぶ》ったらいのかわからなくて苦戦していると、寺島が代わりに着けてくれた。

「ぷはっ！　柴崎の頭が小さすぎてカボチャ被ってるみたい」

「やだ、取る」

「うそうそ、いや、嘘ではないけど、こんなところで時間食ってる暇ないだろ？」

たしかに、ここでごねていても仕方ないと思い、私は寺島に誘導されながらバイクに跨《また》がった。前に乗っている彼の腰を軽く握ったら「もっと強く」と言われた。加減がわからなくてさっきよりも力を入れると、そのまま腕を引っ張られた。

「ずっと、こうしてて」

私の両手は寺島の腰に回され、体も背中にぴたりと密着している。……ドクン、ドクン。自然と心臓の動きが速くなった。彼の背中は広くて硬くて、思っている以上に男の子だった。

「あんまりスピードは出さないけど、怖かったら言って」

「……運転中に声、届くの？」

「じゃあ、どこでもいいからつねって」

「わかった」

そうしてバイクはゆっくりと走り出した。エンジンが真下に付いているからか、尾てい骨がずっと揺れている。音はうるさいし、ヘルメットは重いし、風も強いけれど、不思議と怖さは感じなかった。むしろ、ずっと乗っていたいと思うほど、寺島の運転は心地よかった。
「奈央……！」
目的地に到着すると、待ち合わせ相手がすでに待っていた。それは陽子さんの連れ
子であり、私の義理の姉の乃亜ちゃんだ。現在家を出て大学近くのアパートで一人暮
らしをしている彼女は、少し見ないうちにすっかり大人のお姉さんになっていた。
「急に会いにくるって連絡がきたからびっくりしたよ。どうしたの？」
「ちょっと、乃亜ちゃんに話があって……」
「話？　私は全然いいけど、お母さんは知ってるの？」
「ううん、陽子さんは知らない。私が勝手に来た」
「そっかそっか。ところで彼は……どちら様？」
乃亜ちゃんの視線が、私の隣にいる寺島に向いた。まさか男の子とバイクに乗って
来るとは思っていなかったのだろう。私自身も、こんな形で乃亜ちゃんの大学まで行
くとは思わなかった。

「柴崎と同級生の寺島光です」

どうやって紹介するべきか悩む隙もなく、彼は自分から挨拶《あいさつ》してくれた。乃亜ちゃんと姉妹ということは事前に伝えてあるけれど、血の繋《つな》がりがないことまでは説明していない。乃亜ちゃんは観察するように寺島のことをじっと見た後、パッと表情を輝かせた。

「奈央の同級生かー！　カッコいいね。モテるでしょ？」

「まあまあっす」

「またまた謙遜《けんそん》しちゃって。奈央にイケメンの彼氏がいるなんて知らなかったな」

「の、乃亜ちゃん、寺島は彼氏じゃないよ。今日は私に付き添ってくれただけ」

「えーそうなの？　お似合いだから、てっきり彼氏だと思っちゃった！」

乃亜ちゃんの変わらない明るさに、ホッと胸を撫《な》で下ろした。彼女は出会った頃から活発で、私が口数の少ない性格なことをよく理解してくれていた。どんな時でも朗らかに話しかけてくれて、本当のお姉ちゃんのように色々なことを教えてくれた。時には自分の友達の中に交ぜて遊ばせてくれたこともあったし、私が疎外感を感じることなく楽しい時間を過ごせたのは、乃亜ちゃんのおかげだった。

姉妹としての関係は、すごく良好だったと思う。だけどお父さんがいなくなって、陽子さんとの間に綻《ほころ》びが生じると、なんとなく乃亜ちゃんとも以前のように話せなくなった。

厄介者だって、二人して私のことを言っているのではないか。陽子さんだけじゃなく、乃亜ちゃんも私のことが嫌いだから一人暮らしを始めたのではないかと疑心暗鬼になり、勝手に心の距離を置いてしまった。

「俺、適当にそこらへん、ドライブしてるから」

寺島の計らいで、私は乃亜ちゃんと二人きりになった。覚悟を決めてきたはずなのに、一気に緊張で顔が強張《こわば》る。

「ねえ、奈央。よかったらこれからうちに来る？」

不安が顔に出ていたのか、乃亜ちゃんがそんな提案をしてくれた。

「……乃亜ちゃんち？」

「うん。そのほうが落ち着いて話せるかなって」

「私が行ってもいいの……？」

「はは、いいに決まってるじゃん！　ちょうど友達からもらった美味《おい》しいチョコレートがあるから行こっ」

乃亜ちゃんは仲良しだった頃と同じように、自然に腕を組んでくれた。

乃亜ちゃんが住んでいるアパートは二階建てだった。オートロックなどのセキュリティがないレトロな佇《たたず》まいの建物だけど、中はしっかりリノベーションされているみたいで、交番も近所にあるから防犯対策も問題ないそうだ。

間取りは1DK。インテリアは白色で統一され、小さなキッチンには綺麗《きれい》に整頓《せいとん》された調理器具が並び、可愛いソファとテーブルも置かれていた。

「今、飲み物用意するから奈央は座ってて」

スリッパの音を立てて、乃亜ちゃんはキッチンに向かった。私は彼女が示したクッションの上に、ちょこんと正座をする。

乃亜ちゃんが通っている大学は、近くもないが特別に遠いわけじゃない。だから実家から通うこともできたはずなのに、乃亜ちゃんは一人暮らしを選び、新しい部屋を自分で見つけて引っ越してしまった。まるで、なにかから逃げるように。もしも私が原因だとしたら、話すよりもまず謝らなければいけない。

「乃亜ちゃんが……家を出たのは私のせいだよね？」

冷たい紅茶と友達からもらったというチョコを出してくれたところで、おそるおそる尋ねた。返事を聞くのが怖かったけれど、乃亜ちゃんは私の不安をよそに目を丸くさせた。

「ええっ、な、なんでそうなるの？　お母さんになにか言われた？」

「ううん、ただそうなのかなってずっと思ってて……」

するとの亜ちゃんは一拍置いてから、慎重に言葉を選んで話し始めた。

「家に居づらかったのは本当だけど、奈央のせいじゃない。私が……自分の罪悪感を消したかったの」

「罪悪感……？」

「お母さんってああ見えて不安になりやすいところがあってね。奈央と家族になる前は、私と手を繋いでないと眠れなかったくらい」

「そう、なの……？」

「でも再婚してからは落ち着いた。お父さんがお母さんの支えになってくれてたから。でも、お父さんが死んじゃって、またお母さんは眠れなくなった」

幼い頃は手を繋いであげることになんの抵抗も感じなかったが、乃亜ちゃんは次第に自分の時間が奪われていると思うようになってしまったらしい。

「やりたいことが多すぎて、お母さんだけに時間を使えなくなっちゃった。このまま家にいたらなにかが壊れそうだったの。私って最低でしょ？」

私は首を横に振るのが精いっぱいで、なにも言えなかった。陽子さんは今でも眠れないのだろうか。もしかして夜更けに鉢合わせをした時も、眠れずにいた？

でも、私は陽子さんの手を握れない。陽子さんが求めているのは私じゃないから。

そして、お父さんを奪ってしまったことも消えない。乃亜ちゃんが家を出た理由が私じゃなかったとしても、家族がバラバラになった事実は、ちゃんとリアルとしてここにあるのだ。

「陽子さんは……きっと私を恨んでると思う」

私のことで無理をさせなければ、お父さんは今でも生きていた。それなのに、残された私のことを陽子さんは育てなければいけない義務がある。そんなの不条理すぎるし、私に対して冷たくなって当然だと思う。

「……お母さんが奈央を恨んでいるかどうかは私にもわからない。お父さんがいなくなって奈央に対して態度がきつくなったのは事実だし、その理由を聞いたこともあるけど、口を濁されるだけで教えてくれなかった」

その口調は、真剣であるだけに痛々しい。きっと私たちがギクシャクしていることを深刻に感じてくれているのだろう。

「でもお母さんは私のお母さんだから、奈央を恨んだりしてほしくないなって思う。もちろん奈央にも」

「私は陽子さんを恨んでないよ」

むしろ、感謝してもしきれないくらい。私が恩を返せるとしたら、陽子さんを早く自由にしてあげることだけだ。

「あーもう、暗い話はこれでおしまい！　せっかく会えたんだから楽しい話しよ！」

意識的に乃亜ちゃんは、話題を変えてくれた。明るい雰囲気に戻してくれる心遣いが、やっぱりありがたかった。

乃亜ちゃんは大学で入っている写真サークルの話をしてくれた。仲間たちと全国各地へ撮影旅行に出かけ、今度写真展を開く予定もあるそうだ。

「最近だと、富士山《ふじさん》のふもとに行ったの。暗い時間に出発して、山に昇る日の出を撮ったんだ」

「乃亜ちゃんもカメラを持ってるの？」

「最初は先輩に貸してもらってたんだけど、やっぱり自分のカメラが欲しくなっちゃってね。だから、こつこつ貯めたバイト代でついに手に入れたの、ほら」

「これって一眼レフ？」

「そうだよ。奈央のことも撮らせてよ」

「私、写真写り悪いから」

「いいじゃん、いいじゃん。一枚だけ！」

「ダ、ダメだって……わっ」

戯《じゃ》れてきた乃亜ちゃんを躱《かわ》そうとしたら、バランスを崩し、ふたりして床に倒れ込んだ。「ごめん、ごめん」なんて笑っている乃亜ちゃんだったが、私の顔を見てなにかに気づいた。

「それ、今も痕《あと》が残ってるんだね」

指摘されたのは、普段は前髪で隠れている額の古傷だ。

たしかあれは、乃亜ちゃんと家族になってしばらく経ってからのこと。

一緒におつかいに行こうと誘われて、乃亜ちゃんと出かけた。近所のスーパーまでもう少しというところで、蛇行運転をしているトラックを発見した。その先にいたのは、青信号の横断歩道を渡っている男の子だった。

スピードを落とすことなく走り続けるトラックを見て、思わず私は全速力で男の子に駆け寄った。間一髪、男の子は轢《ひ》かれずに済んだけれど、私は庇《かば》った弾みで縁石におでこをぶつけて流血。大きな怪我ではなかったが、そのまま貧血を起こしてしまったこともあり、その時のことは断片的にしか覚えていない。

「奈央が助けた男の子、今頃なにしてるんだろうね？」

「さあ」

「奈央の血を見てそそくさと逃げちゃったけど、今考えるとお礼も言わずに立ち去るなんてありえないよね。まあ、私も狼狽《うろた》えちゃってそれどころじゃなかったから名前すら聞けなかったけど」

「しょうがないよ。相手も小学生っぽかったし、私も顔すら覚えてないしね」

「それでもさー」

乃亜ちゃんは納得できない顔をしていたけれど、私にとっては過去のことだし、額の傷も気にしていない。

――『柴崎さんって、漫画のヒーローみたいだね』

ふと、相田さんに言われたことを思い出した。男の子を助けた時、頭で考えるよりも先に体が動いた。自分も轢かれる可能性だってあったのに、無視することを心が許さなかった。じゃあ、相田さんを『助けた』時は？

私のどこの部分が動いて、私のなにが許さないと叫んだのだろうか。

その後、乃亜ちゃんと時間が許す限りたくさんの話をした。本当は楽しい気持ちのまま終わりたいけれど、私はまだ今日の目的を果たしていない。

……今、言わないと。今日、言わないと覚悟が揺らぐ。このタイミングを逃したら、自分の胸に秘めているこの想いを永遠に言葉にすることはできないと思った。

「乃亜ちゃん、ひとつだけお願いがあるんだけど、聞いてくれる?」

「なに?」

「私の体のことは乃亜ちゃんも知ってると思うけど、もしも今後、心臓移植の話が来たら家族として断ってほしいの」

まるで時間が止まったみたいに、部屋が静かになった。

臓器移植を待っている患者は現在、一万六千人いると言われているが、一年間で移植を受けられた人はわずか六百人しかいない。その中でも膵臓《すいぞう》などの臓器に続いて、心臓の提供率も少ないと言われている。だから、私の許《もと》に来る可能性は限りなくゼロに近いことはわかっていても、ちゃんと自分の口から乃亜ちゃんにお願いしたかった。

「移植を断ってほしいって…え、なんで? どういうこと?」

「もちろんこれは万が一というか、私の意識がなかった場合の話」

「ちょ、ちょっと待ってよ。意識がなかった時ってなに? 奈央の心臓、そんなに悪くなってるの?」

「少し前に余命三か月だって、宣告された」

「……え」

今日は移植のことだけじゃなく、このことを乃亜ちゃんに伝えにきた。乃亜ちゃんにはまだ言わないでほしいと、陽子さんには私から頼んだ。多忙ながらも充実した日々を過ごしている乃亜ちゃんの生活に、水を差したくなかったのだ。

「よ、余命なんて嘘でしょ……。だって、奈央はこんなに元気じゃん。今日だって会いにきてくれたし、いっぱいお喋《しゃべ》りだってて……」

乃亜ちゃんの瞳《ひとみ》から、大粒の涙が流れた。小刻みに震えている肩からは、怒りや悲しみだけでなく、私を助けたいという強い思いも感じられた。

「なんで、なんで、移植を断ってほしいなんて言うの？」

「運良く移植ができたとしても長生きはできないだろうし、私はこれ以上、誰にも迷惑をかけたくないんだよ」

「迷惑なんて、誰も思わないよ……！」

「うん、ありがとう。でも、これは私の遺言だと思って受け入れてほしい」

結局、乃亜ちゃんは最後まで頷《うなず》いてくれなかった。だけど、乃亜ちゃんなら私のお姉ちゃんとして最後は願いを聞いてくれる。そう信じて託すことしか、私にはできなかった。

＊

乃亜ちゃんの家を後にして大学まで戻ると、寺島が待っていてくれた。私のわがままで送迎のようなことをさせてしまっているのに、寺島はなにも聞かないだけじゃなく、また優しくヘルメットを被《かぶ》せてくれた。

「じゃあ、帰るぞ」

「おつかれ」

私はまたバイクの後ろに跨《また》がり、今度は言われなくても、自分から寺島の腰に手を回した。いつの間にか空の色が変わっていて、道路に映っているふたつの影がくっきり浮かび上がっている。行きと違って柔らかな風に包まれながら、私は〝あの日〟のことを思い出していた。

――『あなたの心臓は、もって三か月だと思ってください』

死ぬことに恐怖がないと言えば嘘になる。だけど、私にとってもっと怖いのは、自分がいつどこで終わりを迎えるかわからないことだ。

前触れもなく倒れて、そのまま意識が戻らないこともあるかもしれないし、それこそ病院のベッドの上で少しずつ衰弱していく可能性だってある。

曖昧《あいまい》すぎる三か月という余命に怯《おび》えなくてはいけないのなら、人生の終わりを指折り数えるくらいなら、せめて最期の日を自分で選びたいと思った。

例えば、うんざりするほど晴れた青空の日とか。

例えば、雨上がりにかかる虹《にじ》を見つけた日とか。

例えば、鼻歌を歌えるくらい機嫌がいい日とか。

今日だったら死んでもいいなって日を、ずっとずっと探していた。だからあの日、私は学校の屋上のフェンスを乗り越えようとした。雲ひとつない空を見て、自分の瞳に映る最後の景色はこれがいいと思ったのだ。

『100日間だけ、俺と友達になってくれ』

寺島に邪魔をされなかったら、私はどうなっていたのだろう。本当に後悔をひとつも残さずに、自分のことを終わりにできた？

「柴崎、顔上げてみな」

気づくと、走っていたバイクが住宅街の坂の途中で停車していた。寺島の視線に導かれるようにヘルメットを外して、ガードレールの向こうの景色に目を向ける。

「……わっ……」

思わず、ため息がこぼれた。眼前には息を呑《の》むような夕焼けが広がっている。朱色の空に浮かぶ鱗雲《うろこぐも》が、海を泳ぐ魚群のように見えた。

「夕日を追いかけてたら、いつの間にかここに着いてた」

そう言って笑う彼の髪も、夕焼けと同じ色に染まっていた。この場所も家庭科室や屋上の塔屋に続いて、寺島のお気に入りになるだろうと直感した。

「なんで泣くの？」

「え……？」

「涙、出てる」

ゆっくりと自分の頰を触ったら、指先が濡《ぬ》れていた。拭《ぬぐ》ってもあふれてくる涙は、たしかに私の瞳から流れている。

「あ、あれ、なんで私、泣いてるんだろう。涙なんて、もう出ないはずなのに……」

「涙が出ない人間なんていないし、どんなに自分の気持ちを無視しようとしても、心は命と結び付いてる。だから涙が出るのは、柴崎が生きてる証拠でもあるんだよ」

寺島の言葉が、じんわりと胸の奥に入ってくる。

私は今まで心を消し去り、無感情なロボットのように振る舞ってきた。そうすることで、耐えられない苦しみから逃れていたからだ。

だけど、私はちゃんと息をして、ここにいる。

綺麗《きれい》なものを、綺麗だって思える心がある。

いつ死んでもいいと思っていたけれど、もしもあの日彼に出会っていなければ、この夕焼けの感動も感じられなかったと思う。

「ハンカチないから、これで我慢して」

寺島は不器用な手で私の涙を拭った。やっぱりその手は、夕日を摑《つか》めそうなほど大きかった。

「柴崎、次はなにしたい？」

寺島から優しく問われた。私たちの間に〝次〟なんてない。だって彼を諦《あきら》めさせるために、今日の付き添いをお願いしたのだから。友達にはなれないって、言わなくちゃ。これ以上、寺島の時間を奪ってはいけないって、頭ではわかっているのに……。

「考えとくよ」

なぜかそんな言葉が口を衝《つ》いた。これは私の心が発した言葉だったのかもしれない。

寺島が嬉《うれ》しそうに目を細めた。オレンジ色に縁取られた彼の顔は、夕焼けよりもずっとずっと綺麗だった――。

寿命というのは、生まれた瞬間から決まっているらしい。

そんなの勝手に決めるなって話だけど、残念ながら運命というものは抗《あらが》えないようにできている。

だから短い人生だったとしても、受け入れるよりほかはない。

たとえ100日後の世界に、自分がいないことを知っていたとしても。

＊＊＊

夏休み、俺は予知どおり補習を免れた。成績不振だった荒太を含む友達のほとんどが十日間も補習を受けていて、今日はお疲れ会と称した打ち上げがファミレスで開かれていた。

「いやあ、いまだになんでてらが補習組にならなかったのか謎なんだけど」

「それな。どんな裏技使ったんだよ？」

「お前らと違って地頭がいいんだよ」

「うわあ、感じわるっ！」

ワンコインランチをさっさと平らげた後、俺たちはかれこれ一時間ほどドリンクバーだけで居座っていた。ガラス張りの大きな窓から太陽が眩《まぶ》しく差し込む中、カフェインを取りすぎて少し興奮気味の友達は、次々と話題を変えながら笑い声を響かせている。

「そういや、てらは今週末の合宿どうする？」

荒太が唐突に問いかけてきた。俺は「うーん」と気だるい返事をしながら、無意識にストローをくわえて氷の残ったコップをかき回す。

合宿という名の夏の思い出作りの一泊二日の旅行は、去年も行われた。行き先は荒太の叔父《おじ》が経営している海の家。そのコネを使って宿泊代が無料になるだけじゃなく、昼は海で遊び、夜は盛大なBBQパーティーと花火の打ち上げがセットになっている。広々とした畳の部屋で雑魚寝《ざこね》をして、翌日はまた朝から泳いで帰るというプランが今年も組まれていて、俺も当然頭数に入れられているが、今回は参加を渋っていた。

「だってお前、色んなやつ誘いすぎじゃん。いつものメンバーだけでいいのに、名前どころか顔すら知らないやつもいるし」

「人数多いほうが楽しいだろ。そのぶん出会いも増えるし」

「去年知らない女がいつの間にか隣で寝てて、すげえ怖かったんだけど」

「そりゃ、雑魚寝だから仕方ない」

それも含めた思い出作りということはわかっている。合宿が予定されている八月上旬は地元で花火大会が開かれる日だ。とくに用事があるわけではないし、花火大会に行く彼女もいない。それでもやっぱり去年のことがあるせいか、合宿に前向きにはなれなかった。

「てらが行かないなら、私も行くのやめる！」

「それなら私もパス！　てらがいなきゃつまんないし」

「え、ま、待って。それは困るって！」

女子たちの心変わりに荒太が慌てていた。「なあ、お前行くよな？　なあ、なあ!?」と荒太からプレッシャーをかけられている最中、突如として体に電気が走った。脳天を貫くような、ビリビリとする感覚は予知能力の兆しだ。

脳内に流れてきた映像の場所は、ファミレス近くの歩道。陽炎《かげろう》が揺れるコンクリートの上を歩く人物に、俺が声をかけにいくというものだった。

仮にここで声をかけなかった場合でも、おそらく今日は必ずどこかで鉢合わせする運命にある。何度も言うが、予知された未来は必ず訪れる。自分の力で回避することは不可能なのだ。

「俺、用事を思い出したから先に帰るわ」

テーブルに自分のぶんの代金を置いて、ソファから急いで立ち上がった。

「は、なんだよ、急に？」

「悪い、また連絡するから」

外に出ると、太陽の照り返しだけで黒焦げになりそうなほどの炎天下だった。気温はおそらく35度を超えているだろう。俺は無意識に速度を上げて、足早に歩道を進んだ。前方に歩いている人物の背中を捉《とら》えると、猛暑日にもかかわらず柴崎は、長袖《ながそで》の洋服を着ていた。

「季節、間違えてね？」

声をかけると、小さな体がゆっくり振り向いた。

「や、やだ。急に現れないでよ」

驚かせてしまったようで、彼女は眉間《みけん》に深いシワを寄せている。

「長袖で暑くねーの？」

「日焼けしたくないから」

「なのに、どこ行くの？」

「図書館で課題やってきた帰り」

どっさりと出されたプリントの山を思い出す。俺は基本的に一夜漬けタイプで、もし間に合わなかった場合でも、担任をあれこれと煽《おだ》てて期限を伸ばしてもらえばなんとかなるだろうと、なめ腐った考え方をしている。

「図書館とか行ったことないんだけど、涼しいの？」

「涼しいけど、利用カードがないと入れないよ」

「へえ、そんなのあるんだ」

「それで、なに？」

「うん？」

「声かけてきたのは、そっちでしょ」

この前、一緒にバイクに乗って、少しは心を開いてくれたんじゃないかと期待していたが、どうやらまだ警戒されているようだ。

柴崎が怯《おび》えた目で姉に会いにいくから付き添ってほしいと頼んできた時、俺は彼女の抱える事情に首を突っ込むつもりはなかった。友達になってもいいか見極めていいなんて言ったけれど、実際には俺のほうが彼女を見極めていた。

でも柴崎は、ありふれた夕焼けを見て綺麗《きれい》だと泣いた。その横顔が忘れられなくて、

「うわ、課題……」

今でも胸に焼き付いている。だからこそ、色々な柴崎の顔を自分の目で見たいと思った。

「お前って、アイス好き？」

「え、ア、アイス？」

「うん、食いにいこう」

「は、ちょ、ちょっと！」

彼女の返事を待たずに、強引に手を引いた。その手首は折れそうなほど細かった。

「てっきりアイス屋だと思ってた……」

俺の隣で、柴崎が少しガッカリした声を漏らしている。連れてきたコンビニで、それぞれ好きなアイスを選び、気休めに陰っている店先の駐車場でアイスを食べているところだ。

「金なくて、悪かったな」

「だったらアイスだって自分で買ったのに」

「これも餌付《えづ》けだよ」

柴崎が食べているのはワッフルコーンのソフトクリーム。渦巻き状のアイスを舐《な》めるんじゃなくて、大きな口を開けて上から大胆にかじっていた。

「俺も好きだよ。そういう牛乳使ってますっていうアイス」

「でもそっちは食べてるのモナカじゃん」

「この間に入ってる板チョコうまくね？」

「まあ、美味《おい》しいけど」

コンビニの自動ドアが開くたびに、クーラーの冷気が外に逃げてきて、また閉まると息苦しいほど暑くなる。夏の日差しを浴びながら、どこかで蝉がジワジワと鳴いていた。

日焼け対策で長袖を着ている柴崎は、たしかにソフトクリームに負けないほど白い肌をしている。涼しい顔をしているくせに、首筋だけは髪の毛が汗で張り付いていた。べつにそれがなんだって話だけど、今まで知らなかったフェチ心になぜか刺さって、普通にいいなって思っている自分がいた。

「こういうことして、彼女は怒らないの？」

「彼女？」

「バイクに乗せてくれた時、ヘルメットがふたつあったから、普段から彼女を乗せてるんだろうなって思ってた」

「いやいや、勝手に思わないで。ヘルメットがふたつあるのは、たまに荒太を乗せたりするからだよ」

「でも女の子を乗せたこともあるんでしょ」

「……ねーわ」

「え？」

「だーかーらっ！　女子を乗せたのは、普通に柴崎が初めてだよ！」

なんでこんなことをわざわざ言わなきゃいけないんだ。聞いてきたのは柴崎のくせに、その反応は拍子抜けするほど薄くて「そうなんだ」で終わった。……は？　もうちょっと、なんかあるだろ。

「お前ってさ、あの日からそんなことを気にしてたってことは、ひょっとして俺のことも気になってるんじゃね？」

淡白な返事の仕返しにからかってやるつもりだった。いつもみたいに素っ気なくされるかと思いきや、柴崎のリアクションは……。

「バ、バカ！　そ、そんなわけないでしょ」

柴崎は明らかに動揺していた。固く閉ざされていた心の扉が少し開いた気がして、心臓が躍った。

「なあ、今週末の花火大会――」

言い終わらないうちに、軽トラックのクラクションが鳴った。手動で開けられた窓から顔を覗《のぞ》かせたのは、八百屋のおっちゃんだった。おじさんという意味ではなく、名字が越智《おち》だからおっちゃん。母さんの旧友で、いつも野菜を安くしてくれる近所の人だ。

「おー光。暑いのにデートかよ?」

「さすがにコンビニでデートはしねーわ」

「彼女、美人だな」

「ただの友達だよ」

おっちゃんは気さくでいい人だけど、見た目はチンピラ風でガラが悪い。グレーゾーンにいそうな風貌《ふうぼう》のおっちゃんに対して、柴崎は丁寧にお辞儀をしていた。

……美人、やっぱりそうだよな。普段あまり人の顔に興味はないが、彼女に関してだけは美人だと思う。

柴崎に彼女がいると勘違いされた時は嫌だったけれど、柴崎のことを彼女だと思われるのは嫌じゃなかった。……俺、この暑さで頭がやられたか?

「今、道の駅に野菜卸してきたんだけど、やっぱり季節的に豆苗は厳しいわ」

おっちゃんが運転するトラックの助手席を覗くと、返品された豆苗が段ボールに詰められていた。

「これ、傷んでんの？」

「傷んでないけど、売り物にはならねえ」

「じゃあ、もらっていい？」

「あーキャベツか。いいぞ、いくつ欲しい？」

豆苗は切ってもまた伸びてくるから、とりあえず二個もらった。おっちゃんは俺たちと同じようにアイスを買いにきたそうで、ホームランバーを口にくわえながら颯爽《さっそう》と帰っていった。

「キャベツってなに？　前にも言ってたよね」

俺が豆苗をもらっている間に、柴崎はアイスを食べ終えていた。

「あーうちで飼ってるインコのこと」

「え、インコっ⁉」

彼女の声が珍しく大きくなった。

「もしかしてインコ好きなの？」

「そういうわけじゃないけど、身近でインコを飼ってる人に初めて会ったから……」

「じゃあ、見に来る？」

「え？」

「うち、すぐそこなんだよね」

うちはごく普通の一軒家。荒太だけは入ったことがあるが、基本的に友達は家に呼ばない。ましてや女子を誘うなんてありえないはずなのに……どういうわけかなんの違和感もなく柴崎を自宅に連れてきてしまった。

「親は仕事だから気にしないで入って。キャベツはこっちにいるから」

躊躇《ちゅうちょ》するように玄関に立っていた彼女も、やっぱりインコに興味があるようで中に入ってくれた。

俺の部屋はキャベツのために、ずっと28度設定にしたエアコンが付いている。インコを飼う前は『電気代が高いから扇風機で我慢して』と言っていた母さんも、キャベツのためなら許すらしい。鳥のくせに俺よりいい待遇を受けている。

「……すごい。緑色だ」

柴崎はラックの上に置かれた鳥かごを興味深そうに眺めていた。

「だからキャベツって名前なんだよ」

「寺島が付けたの？」

「いや、付けたのは前の飼い主。エサあげてみる？」

おっちゃんからもらった豆苗をテーブルに置くと、キャベツは急に羽ばたく仕草を見せた。インコは頭がいいから、自分の餌をちゃんとわかっているそうだ。

豆苗をハサミで切って柴崎に手渡した後、鳥かごの扉を開けた。

バサバサバサッ！

「わっ……！」

鳥かごから飛び出したキャベツは、大きく羽を広げて飛んだ。そして、ぴたりと着地した場所は柴崎の肩の上だった。

「ま、待って。どうしたらいいの？」

「はは、大丈夫、大丈夫。かまってほしいだけだから。柴崎なら手渡しで豆苗あげられるかもしれないな。やってみる？」

「う、うん」

柴崎がおそるおそる豆苗を近づけると、キャベツはくちばしを動かしながら、美味しそうに食べ始めた。

「すげえ、懐いてる。荒太が来た時は威嚇してたくせに」

人差し指でキャベツの頭を撫《な》でると、彼女も真似するように触れた。「可愛い……」と柔らかい顔で微笑む姿を見て、心臓が鳴った。喜んでくれたらいいと思っていたけれど、これには完全に不意を突かれてしまった。

「……お前、そうやって笑うんだな」

「え、私、笑ってた？」

「うん。すげえ和やかな顔してた」

「やだ、恥ずかしい……」

「なんでだよ。すげえいいじゃん」

仏頂面もいいけど、笑ったほうがさらに可愛いと思う。

「私ね、小さい頃ずっと生き物が飼いたかったんだ」

キャベツの頭を撫でながら、柴崎がぽつりと呟《つぶや》いた。

「でもお父さんとふたり暮らしだったから、飼いたいって言えなくて……」

「ふたり暮らし？　この前の姉ちゃんは？」

「あー……えっと、乃亜ちゃんは再婚相手の連れ子。お父さんはね、一年前に倒れてそのまま死んじゃった」

つまり彼女は今、義理の母親と暮らしているってことか？

俺だったら気まずく感じてしまいそうだけど、柴崎はどう思っているんだろう。踏み込んで聞くつもりはないけれど、少なからず彼女が誰にも心を開かないのは、複雑な家庭環境が影響しているんじゃないかと思った。

「なんで俺に家族のことを話してくれたの？」

「なんでだろう。自分でもわからないけど、乃亜ちゃんに頼みごとを託せたのは寺島のおかげだから」

「頼みごとってなに？」

「それは内緒」

柴崎がまた微笑んだ。なんで俺は……彼女が笑うといちいち心臓が騒ぎ出すんだろう。今までそれなりに女子と接してきたけれど、こんなにも胸が躍ることはなかった。

「あ、あのさ――」

緊張しながら口を開こうとした瞬間、甲高い声が響き渡った。

「ちょっと！　また学校から電話がかかってきたわよ！」

「人様に迷惑かけることだけはするなって、いつもいつも言ってるでしょ！」

柴崎の肩に乗っているキャベツが、母さんの口調を真似し始めた。

「だーっ、おまっ、マジでやめろ！」

「聞いてるの？　返事くらいしなさい！」

「こいつ……っ！」

　黙らせるために捕まえようとしたが、キャベツは器用に俺の指先をすり抜けてカーテンレールの上へと避難してしまった。

「え……今、キャベツが喋ったの？」

　近くにいた柴崎が、驚いたように目を丸くしている。

「はあ……うん、そうだよ。こいつ、いらないことばっか喋んの」

「インコが喋るなんて知らなかった……」

「聞き取りやすい声だと覚えるらしいよ。俺の声は全然真似しようとしないけど」

「今のは誰が覚えさせたの？」

「母さん。まあ、覚えさせようと思ってやったわけじゃなくて、気づいたら勝手に覚えてたみたい。……はずいから、すぐ忘れて」

　もし相手が荒太だったら笑い話で済むのに、柴崎となるとそうはいかない。彼女は引くどころか、人間のように喋るキャベツに興味津々だ。

「女の人の声だと覚えやすかったりするのかな？」

「さあ、試してみてもいいよ」

「じゃあ……こんにちは」

「ちょっと！　また学校から電話がかかってきたわよ！」

「だからお前、やめろって！」

また悠長に喋り始めたキャベツは、壊れかけのおもちゃみたいに俺のことを叱り続けている。今度こそ、引かれたかもしれない。おそるおそる柴崎のほうに目を向けると、下を向いてぷるぷると震えていた。

「お、おい、どうした……」

「ふふっ、あははは！　もうダメ、可笑《おか》しすぎる！」

我慢の限界という感じで、柴崎が噴き出した。楽しそうな笑い声に誘われるように、キャベツはまた彼女の肩に戻った。恥ずかしい。でも、笑ってくれて嬉《うれ》しい。俺は膝《ひざ》を折って、キャベツに近づいた。そして……。

「奈央」

柴崎の名前を呼んでみた。

「え、な、なんで私？」

「キャベツに怒られるのは嫌だから、お前の名前を覚えさせようと思って。奈央、なお、なーお」

「や、やめてよ。恥ずかしい」

彼女の耳がどんどん赤くなっていく。

「キャベツはさ、根気強く毎日言わないと覚えないんだ。だから、今日から柴崎じゃなくて奈央って呼ぶわ」

あえて呼んでいい？　とは聞かなかった。聞いたところで断られそうだし、ダメだと言われても彼女のことを名前で呼びたくなった。

「俺のことも光って呼んでよ」

「……やだ」

「一回呼んでみて」

「………」

「キャベツに覚えさせる感じでもいいから」

「光」

その声はとても小さかったけれど、やっぱり俺の胸の鼓動は速くなっていた。

「うん、寺島よりそっちのほうがいいから呼んで」

奈央は返事をしなかった。キャベツが空気を読まずにまた喋り始める。彼女はまたお腹を抱えて笑っていた。

4　きみと深め合い

花火大会に行こうと誘われた。

理由を聞いたら『奈央と行きたくなったから』だと言われた。

彼から呼ばれる名前に慣れなくて、胸の奥がざわざわとくすぐったくなる。

——光。

呼ぶ予定もないのに、何度も心の中で練習している自分がいた。

陽子さんの仕事が休みの日は、なるべく外出するようにしている。家にいればお互いに気を遣うし、陽子さんも私がいないほうがのんびりできると思うから。とはいえ、暇を潰《つぶ》せる場所は限られている。カフェや公園、ショッピングモールも思いつくが、やっぱり無難に図書館だろうと思い、支度をして二階から一階に下りると丁度買い物から帰ってきた陽子さんと鉢合わせた。

「どこかに行くの？」

「あ、ちょっと図書館に……」

「そういえば、この前、乃亜から電話がかかってきてね」

「……え、の、乃亜ちゃんから？」

まさか、この前お願いしたことを陽子さんに話してしまったのではないかと肝を冷やしたけれど、内容は大学も夏休みに入ったので、お盆になったらこっちに帰ってくるというものだった。

陽子さんは乃亜ちゃんの話をする時、必ず目尻《めじり》が下がる。陽子さんにとって乃亜ちゃんの存在は、今でも心の支えになっているのだろう。

「それでね、週末に寛貴《ひろき》さんのお墓参りに行くでしょう。その足で一週間ほど実家に帰省しようと思ってるんだけど、あなたはどうする？」

元々、お父さんのお墓参りは三人で行く予定になっていたけれど、それから陽子さんの実家に泊まるという話は聞いていなかった。

お父さんが生きていた頃は、年に一回程度は顔を見せに行っていた。おじいちゃんは私のことを本当の孫みたいに可愛がってくれたが、おばあちゃんとはつねに距離を感じていた。

『生まれつき心臓が悪いなんて大変ね』

『発作もいつ起きるかわからないんでしょう？』

おばあちゃんの言葉には、いつも棘《とげ》があった。後で聞いた話では、『心臓病の子を引き取ったら陽子が苦労するわ』と言って、ギリギリまで再婚に反対していたそうだ。だから私は……おばあちゃんの家には行けない。

どんな顔をして会いにいったらいいのかも、わからない。お父さんがいなくなってしまった今、おばあちゃんはさらに私が陽子さんの娘で居続けていることに疑問を持っているはず。そういう空気を察するのも怖いし、一緒に行ったところで私の居場所はどこにもない。

「おばあちゃんの家には、乃亜ちゃんとふたりで行ってきてください。私はお父さんのお墓参りが終わったら、友達との予定があるから」

「予定って？」

「花火大会に誘ってもらったから行こうと思って」

私は無理やり口角を上げた。寺島の誘いを断ろうとしていたのに、おばあちゃんの家と天秤《てんびん》にかけて、私は花火大会を選んだ。……最低すぎて、自分のことが嫌になる。

「花火大会？　人も多いし、音だって大きいでしょう。体のこともあるんだし、ひとりで残すことはできないわ」

陽子さんはありえないという表情でため息をついた。私になにかあれば、陽子さんが責任を取らなきゃいけなくなる。お父さんが無理をして倒れてしまったように、取り返しのつかないことはしないでほしいと言いたげだった。

「自己管理はちゃんとするから大丈夫です」

「そういう問題じゃ……」

「花火大会に行けるのは最後だと思うから」

〞最後〟という言葉を出すと、陽子さんはそれ以上なにも言わなかった。

余命三か月と宣告された時、一緒にいた陽子さんも私と同じくらい冷静に見えた。自分の心がひねくれているからか、陽子さんも内心はホッとしているのではないか、病気の私がいなくなり、娘として乃亜ちゃんだけが残ることに安堵《あんど》しているのではないかと、そんな考えに陥ってしまったことが……余命宣告よりも悲しかった。

【奈央、おばあちゃんのところに行かないの？】

図書館に着いて、乃亜ちゃんからメッセージが送られてきた。きっと陽子さんがすぐ連絡したんだろう。どうやら乃亜ちゃんの帰省には、私と陽子さんの仲を改善させるという目的が含まれていたようだ。

乃亜ちゃんの気持ちはありがたいけれど、陽子さんと仲良くなるのは難しいと思う。私がお父さんのことを大好きだったように、陽子さんもお父さんを大切に想ってくれていた。……でも、お父さんはもう帰ってこない。運命という言葉は好きじゃないけれど、いくら後悔しても変えることができない運命がある。

【土曜日の待ち合わせ場所は駅でいい？】

【花火が上がるのは八時からだけど、屋台もあるみたいだから六時くらいにする？】

乃亜ちゃんとやり取りをしている最中、また新しいメッセージが届いた。トーク画面に表示されているのは、寺島のアイコンだ。

彼と連絡先の交換をしたのは、キャベツのことを見に行った帰り際。花火大会に誘われた直後だった。ＩＤを教えるからと、半ば強引に友達リストに登録させられたことで、こうしてスマホの中でも寺島と繋《つな》がっている。この繋がりがどこに向かうのか、私にはまだわからない。

……色々な理由をつけて花火大会は断るつもりだったのに、もう行く前提で話が進んでいる。

〝友達ができたらしてみたいことを俺とすればいいじゃん〟

私が簡単にはできないと思っていたことを、彼は簡単に言ってしまう。……そういえば中学生の時、待ち合わせをして花火大会に行っている同級生が羨《うらや》ましかったな。

頭の中に、過去の記憶がよみがえった。浴衣《ゆかた》にするか、私服にするか。お金はどれくらい持っていって、ダメ元で好きな人を誘うか否かを教室で話し合っているみんなの顔が、すごく楽しそうだったことを今でも覚えている。

友達じゃない私のことを誘わないのは当たり前なのに、誰にも誘ってもらえない寂しさだけは、しっかり感じていた。だから私はその日の夜、花火の音が空を通じて聞こえてこないように、イヤホンで耳を塞《ふさ》いだ。

——私も本当は、友達ができたら花火大会に行ってみたい。

夢のような話だと諦《あきら》めていた願いは、また寺島のおかげで叶《かな》えられようとしている。

*

花火大会当日。余裕を持って駅前に向かうと、すでに寺島の姿があった。白のセットアップを着ている彼は、いつも以上に大人っぽさが際立って見えた。丁度電車が到着したのか改札口には多くの人がいて、浴衣姿の人もいる。

こういう時、どうやって合流すればいいんだろうと迷っていたら、まるでお手本のように「お待たせ！」と女の子が元気よく彼氏らしき人に駆け寄っていた。私には真似できそうもなく尻込《しりご》みしていると、目の前が急に陰になった。

「なんで声かけてくれないの？」

「わっ……！」

思わず大きな声が出てしまったのは、寺島が不満そうな顔をして立っていたからだ。バレてないと思っていたのに、どうやらずっと私がいることに気づいていたらしい。

「今、帰ろうとしてただろ？」

「し、してないよ。ただ合流の仕方がわからなかったから、どうしようか考えてただけで……」

「そんなの『よう』とか『おう』でいいじゃん」

「言えるキャラでもないし……」

「まあ、なんでもいいや、会えたから」

寺島はそう言って、当たり前みたいに私の隣に並んだ。学校にいる時と同じように女子たちの視線を集めているけれど、本人はまったく気にしていない。

「……花火大会、友達と行かなくてよかったの？」

「いつも一緒にいるやつらは海に行ってるよ。今頃はＢＢＱやって盛り上がってると思う」

「なんで海のほうに行かなかったの？」

「奈央と遊ぶほうが楽しいと思ったから？」

またふいに名前を呼ばれてドキッとした。彼は私の反応を面白がっているようで、意地悪な顔をしている。少しムッとして早歩きをしてみたけれど、結局すぐに追いつかれてしまった。


花火会場に到着すると、すでに大勢の人であふれていた。色とりどりの浴衣を着た子供たちが元気に駆け回り、笑い声や話し声で空気が満ちている。提灯《ちょうちん》の柔らかな明かりが夜を温かく照らし出し、長く続いている屋台の道では、甘い香りと脂っこい匂いが混ざり合っていた。

「あー腹へった。俺、たこ焼き食いたい。あと焼きそばとりんご飴《あめ》も」

寺島は屋台のものをたくさん食べるために、お昼ご飯を抜いてきたらしい。彼は、よく食べる。前に貰《もら》ったカツサンドやエビカツサンドも私からしてみたら量が多かったが、寺島はいつも足りなそうだった。

「もしかして奈央は腹へってない？」

戸惑った表情を見抜いたように、彼が尋ねてきた。私も本当は、昼食を抜いてきた。寺島みたいにたくさん食べられたらいいけれど、きっとすぐお腹いっぱいになってしまうだろう。いつも言いたくて、言えなかったこと。今日だけは、今だけは、少しだけ伝えてみてもいい気がした。

「……食べるなら半分ずつがいい」

「え？」

「そうしたら、色んなものをいっぱい食べられるから」

言葉にした後で、分け合うのが苦手だったらどうしようって思った。だけど、そんな不安なんて寺島の明るい声がどこかに飛ばしてくれた。

「そっか、半分！　今まで思い付かなかったわ！」

彼は何度も「なるほどなー」と頷《うなず》いていた。少し前まで、どうして寺島の周りに人が集まるのか理解できなかった。自分勝手に話を進めたり、こっちのことなんてお構い無しな行動を取ったり、時には不思議なことを言ってきたりと、人気がある理由もわからなかった。

でも今なら……なんとなく理解できる。寺島は、自分の心に正直に生きている。気持ちが赴くまま、言葉にしたり行動したりしているから、私はいつも眩《まぶ》しく感じるんだと思う。

「じゃあ、早速なんか半分ずつ食おう！　最初はなにがいい？」

わたあめも、フランクフルトも、じゃがバターも、焼きとうもろこしも、とにかく色々なものを食べてみたいと伝えたら、寺島は嬉《うれ》しそうな顔をした。

花火の時間が近づくにつれて、さらに人が増えていく。人波の熱気とともに、会場はごった返していた。そんな中で、誰かの視線を感じた。それはカラフルなシロップが並んでいるかき氷屋の前。こちらを指さしていたのは、クラスメイトの女子たちだった。

「ねえ、あれって柴崎さんじゃない？」

「えっ！　隣にいるのって寺島くん!?」

「まさか付き合ってるとかないよね？」

色んな音で溢《あふ》れているのに、なんでこういう声だけはっきり届いてくるのだろうか。

周りのざわめきが一瞬止まったかのように、彼女たちの声が耳に突き刺さる。

「えーだとしたら、ちょっと寺島くんって趣味悪すぎない？　だってほら、柴崎さんってヒスってるじゃん」

「あー江藤さんの時ね。ちょっとアレは引いたよね。みんなこわって言ってたし」

——『そんなに弱いんじゃこれから生きていけないよ？　ていうかお前もう死んじゃえって！』

あの時、たしかに江藤さんに食ってかかった。私は屋上で命を絶とうとしていたのに、簡単に『死んじゃえ』と言ったことが許せなかったから。

今でも自分の終わりを選べたら、楽だと思っている。その考えはなにひとつ変わっていないのに、私は今日少しだけいい洋服を着て花火大会に来た。……自分でも矛盾していると思う。

「なあ、知ってる？　思いやりのない人って前世は物だったっていう話」

「……え？」

「魂が物のままだから、人間として生まれてきた後も平気で思いやりがないことが言えるんだってよ」

女子たちの声が聞こえていたらしい寺島は、半分に割った大判焼きを渡してくれた。

「だから嫌なことを言われたら、相手は物だと思えばいい。俺はそうしてる」

屋台の明かりが、寺島の輪郭を柔らかく照らしている。なんだかそれが神様みたいだと言ったら、笑われてしまうだろうか。

「それなら寺島は友達に好かれてるから、前世でも人間だったんだね」

彼の言葉に力づけられ、私はもう一度周りを見渡した。そこには賑《にぎ》やかな祭りの風景が広がっているだけで、もう女子の声は気にならない。寺島に励まされるたびに、少しずつ心の重荷が解けていくような感覚がした。

「奈央だって人間だろ」

「私は思いやりなんてないよ」

「あるよ。だって本当は今日断るつもりだったのに来てくれたじゃん」

じゃあ、なんで断られると思っていたのに私のことを誘ったの？　とは聞かなかった。きっと寺島なら「誘いたかったから誘った」って、平然と答えるに決まっているから。

「……あ、」

その時、突然寺島の表情が曇った。急にどうしたんだろうと思っていると、「花火、一緒に見れないかも」といきなりそんなことを言われた。理由を尋ねても彼は、「なんとなく」と曖昧《あいまい》な言い方をするだけで、はっきりとしたことは教えてくれない。

――『俺は今日の放課後、柴崎とこの店に入るって朝からわかってた。そんで俺はハンバーグのソースが跳ねて手の甲を火傷《やけど》する』

――『あ、やべ。俺、そろそろ学年主任に見つかって、説教される時間だわ』

――『大丈夫。柴崎は死ぬことを選ばねーよ。少なくとも100日後まではな』

寺島は、今までも度々おかしなことを口にしてきた。それはまるで、自分の未来が視えているかのように。

——『ただ俺にとって柴崎と友達になることも避けられない運命ってことだ』

もしも本当に寺島に不思議な力があるとしたら？

もしかしたら今……一緒に花火を見ることができないという予知をした？

ううん、そんなことあるわけがない。でも絶対にないとも言いきれない。浮かんでは消えていく考えを整理しながら顔を上げると、寺島は隣にいなかった。

「え、あ、あれ？」

人混みに流されるように、自分の足がどんどん進んでいる。おそらく、みんな花火が見えやすい場所に移動しようとしている。……まずい。ぼんやりしてたせいで寺島とはぐれた。

なんとかしてスマホで連絡を取ろうとしても、人が多すぎて身動きができない。もうすぐ花火が始まる。このままだと彼が言ったとおり、一緒に花火を見ることができなくなってしまう。辺りを見渡して寺島の姿を捜そうとしたところで、ふと考えた。

この会場にいれば、花火はどこからでも見ることができる。ここではぐれたからって一生会えないわけじゃないし、別々の場所で見て『綺麗《きれい》だったね』って感想を言い合うこともできるはずだ。

ひとりで見ても、花火の形や色は変わらない。人波が落ち着いたら、後で合流すればいい。そうしよう。必死に捜す必要なんてない。……ないはずなのに。

「すみません、通してください。すみませんっ！」

私は人混みを掻《か》き分けながら、逆走した。どうして、寺島を捜したいと思うのか、自分でもわからない。だけど、彼は今日ずっと楽しそうだった。なのに、一緒に花火が見られないかもしれないと伝えてきた時は、少し寂しそうだった。寺島には、ずっと楽しそうでいてほしい。

「寺島……どこっ」

体が群衆の中に呑《の》まれていく。息ができない。心臓が早鐘を打つ。それでも寺島を見つけることをやめたくなかった。

彼は私に思いやりがあると言ってくれたけれど、やっぱり自分ではそう思わない。だけどこんな私でも、夕焼けを見て涙が出た。

キャベツのことも、可愛いと思った。

寺島との屋台めぐりも楽しかった。

今だって呼吸が苦しいのに、こんなに必死になっている。

花火は、ひとりで見ても形は変わらない。

でもふたりで見られたら、きっと嬉しいと思う。

「ハア……ハア、寺島……！」

ありったけの声で名前を呼んだ瞬間、見覚えのある後ろ姿が目に飛び込んできた。人の間を縫うように進みながら、大きな手を摑《つか》む。

「え、な、奈央……？」

「ハア、ハア……間に合ってよかった」

驚いたように振り向いた寺島の手をさらに強く握ると、一発目の花火が打ち上がった。大きな轟音《ごうおん》とともに、煙の渦が立ち上る。無数の光が四方に吹き出し、様々な色の花火が次々と夜空を照らしていた。

「一緒に見れたね」

独り言のつもりで呟《つぶや》いたのに、寺島は返事をするように私の手をぎゅっとしてくれた。尾を引く火花がゆっくりと落下してくる。星屑《ほしくず》のようにきらめく光を、彼は少しだけ泣きそうな顔をして見上げていた。

夜空が元の色を取り戻した頃、私たちはまた肩を並べて歩いていた。駅まで続く歩道は浴衣姿の人たちで溢《あふ》れ返っていたが、住宅街の中へと入ると混雑していたことが嘘のようにふたりきりになった。夏の夜風が、涼しく心地いい。

「奈央、俺のことを見つけてくれてありがとな」

お礼を言われるのは、これで三回目。もういいと言っているのに、寺島は何度も伝えてくる。聞きたいことはたくさんある。だけど、今はまだ花火の余韻に包まれていたい。頭の中では、さっきの煌《きら》びやかな光景が万華鏡のようにぐるぐると回っていた。

「ねえ、寺島は将来の夢ってあったりする？」

「んー夢かどうかはわかんないけど、地球一周はしてみたい。よくポスターとか貼ってあるじゃん。99万で旅できるとかいうやつ」

「地球一周か。なんか似合うね」

「そう？　奈央の夢はなに？」

「小さい頃はクレープ屋さんになりたかったよ」

「お、いいじゃん。似合う、似合う」

「でも夢って、大人にならないと叶《かな》わないことのほうが多いでしょ。だから私がクレープ屋さんになることはないよ」

人間の命は、花火のように儚《はかな》い。誰だって、いつかは死ぬ。それが早いか遅いかはわからないけれど、命の終わりはいつも突然やってくるものなんだと思う。とくに私のように、もう自分の寿命が限られていると知っていると、なおさらその儚さが身に沁《し》みる。

「奈央がクレープ屋になれるかはわかんないけどさ」

ふいに、寺島が足を止めた。振り向いた先には、彼の真剣な表情があった。

「奈央は大人になれるから大丈夫だよ」

「え……？」

「俺が保証してやる」

ニカッと笑う寺島に、心を打たれた感覚がした。彼は私の余命を知らないから、三か月後にいないかもしれないことなんて想像すらしてないだろう。

私に未来なんてないし、夢も叶わない。保証してやるなんて、なんの根拠もなさすぎて呆《あき》れてしまう。だけど……だけど、力強く言ってくれた言葉が嬉《うれ》しくて、また涙が出そうになった。

「……名前」

「うん？」

「ちゃんと呼ぶ。寺島じゃなくて、光って」

呼びたいと思った。いつも私の心に輝きを与えてくれることばかり言う彼は、本当に光のような人だから。

もうすぐ死んでしまう私だけど。

残された時間は短いかもしれないけれど。

初めて呼ぶ名前は、きみがいい。

＊＊＊

人生には分岐点というものが、いくつかあるらしい。

枝分かれをしている道があるとして、どちらを選ぶかによって自分の人生が変わるという意味だ。

俺は今まで大きな選択をしたことはない。

だから、いつも正解がわからない。

あの日だって、正解がわからなくて逃げた。

自分のせいで倒れていた〝あの子〟から。

逃げたら、なにもなかったことにできると思った。

――それからだ。

このおかしな予知能力が芽生えてしまったのは。

夏休み明けの学校は、真新しいニスの臭いが漂っていた。業者によって塗られたニスは、校舎全体をピカピカと輝かせ、休み前には剝《は》げていた教室の床も鏡のようになっている。有機溶剤独特の鼻に残る臭いに敏感な俺は、このニス臭にすっかりやられていた。

「おいおい、大丈夫かよ？」

机に突っ伏している俺を見て、荒太が心配してくれている。軽く手を振ることで返事をしつつ、頭はくらくらと酔っていた。そんな中、さらに具合が悪くなりそうな金切り声が飛んできた。

「ねえ、柴崎さんとどういう関係なの!?」

それは、小麦色に日焼けをしたクラスメイトの女子だった。どうやら、花火大会での俺たちの様子が噂になっているらしい。

奈央の悪口を言っていた連中も同じくだが、屋台に並んでいる時にも、同じ学校の生徒らしき人が何人もいた。いつもつるんでいる友達のほとんどが海に行っていたとはいえ、この広がった噂からして不特定多数に見られてしまったのは確かだ。

「どういう関係って聞かれても、普通に友達だけど」

「なんで柴崎さんと友達になるの？」

「逆になんで奈央と友達になっちゃダメなの？」

「な、な、奈央⁉」

「名前で呼ぶことにも許可がいんの？」

「……っ、もう、いい！」

バンッと机を叩《たた》かれた後、女子は真っ赤な顔をして教室から出ていった。「あいつ俺の彼女だったっけ？」と冗談めかして荒太に聞くと、「お前が彼女を作らないから、みんな押せばワンチャンあるんじゃないかって期待するんだよ」とわけのわからないことを言われた。

こうやって理不尽に怒ってくるやつほど、実はあまり仲良くないことが多い。いつも一緒に遊んでいるやつらは過度に干渉してこないし、荒太も奈央のことについて深く聞いてきたりしない。

「海、断って悪かったな」

「べつにいいよ。俺は女の子がいればいいいし」

「そう言うと思ったよ」

「だけど、来年はこっちに来いよな。やっぱりてらがいたほうが楽しいし、奈央ちゃんも誘えばいいわけだし」

荒太の優しさに、俺は「そうだな」と返事をすることができなかった。

――『ねえ、寺島は将来の夢ってあったりする？』

彼女が言っていたとおり、夢は大人にならないと叶えられないことのほうが多い。

奈央は大人になれる。あれは口先だけの言葉じゃない。だけど俺は……大人にはなれない。

それは七月上旬に予知夢として視てしまった――100日後に必ず訪れる未来でもある。


ニスにやられた胸の不快感に耐えかねて、俺は保健室に向かった。次が面倒な古典の授業ということもあり、一時間くらい休めたら……なんて思いながら廊下を歩いていたら、誰かの怒鳴り声が聞こえてきた。

「調子に乗ってんじゃねーよ！」

廊下からは死角になっている階段下。喧嘩《けんか》でもしているのかもしれないと興味本位に覗《のぞ》いてみると、女子数人に詰め寄られている奈央がいた。

「あんたさ、寺島くんと花火大会に行ったらしいじゃん。みんな言ってるよ。柴崎さんなんかと一緒にいるせいで、寺島くんの人気がどんどん下がってるって」

「………………」

「寺島くんに迷惑かけてるってわかんないわけ？」

奈央のことを罵倒《ばとう》していたのは、彼女と同じクラスの江藤たちだった。奈央はなにも言わずに、女子からの罵詈《ばり》雑言《ぞうごん》を静かに受け止めている。どいつもこいつも、好き勝手なことを言いやがって。

奈央のことを助けようとした時——ビリリッと脳が震えた。頭の中に浮かんだ光景。それは、俺が二年一組の教室に乗り込み、江藤に怒鳴り散らしている姿だった。

その隣には奈央がいて、破れた教科書が散乱している。具体的な状況はわからなかったが、奈央がイジメの標的になり、自分がその一因となっていることだけは理解できた。

仮にここで助けに入ったとしても、江藤は奈央のことを傷つける。感情に任せて行動すれば、事態が悪化する恐れがあった。

「黙ってないで、なんとか言えよ……！」

江藤らの声が響く中、俺は動けなかった。〝あの時〟と同じように、正しい判断ができなくてなにもできない。

どうして、あの日を境に予知できるようになったのか。自分では、逃げてしまった罰だと思っている。

未来は不変で揺るぎない。それを受け止めていくことが、あの日の償いなのだと思い続けてきた。

――『ハア、ハア……間に合ってよかった』

だけど、花火大会の喧騒《けんそう》の中、群衆に押し流されながら奈央は俺のことを見つけてくれた。

彼女とはぐれ、夜空に打ち上がる花火をひとりで眺める予知をしたのに、ふたりで見る未来に変わった。どういう原理が働いて回避できたのかはわからない。一緒に花火を見たいという強い想いがそうさせたのなら、奈央が未来をほんの少し変えてくれたことになる。

俺は、どうしたい？

奈央のことを守りたい。

未来なんて大きいことは知らないけれど、今この瞬間を変えようとしない自分にはなりたくなかった。

「文句があるなら、奈央じゃなくて俺に言えよ」

江藤たちを睨《にら》みつけながら、前に出た。女子たちの囂々《ごうごう》とした態度は一変し、わかりやすく動揺している。

「これ以上、奈央になにかしたら許さねーからな」

そう言い放ち、俺は奈央の手を引いた。江藤たちから離れたところまで歩みを進めて、足を止める。

「俺のせいでごめんな」

悪目立ちをさせるつもりはなかったのに、結果的に彼女への風当たりを強くさせてしまった。これ以上、迷惑をかけるわけにはいかない。俺と関わることで奈央の立場を悪くさせてしまうくらいなら、離れたほうがいい。元々、自分の都合で近づいたんだ。運命の日がやってくるまで、奈央とは距離を置いて……。

「べつになにを言われても私は平気だよ」

俺の考えとは真逆に、彼女はあっけらかんとしていた。

「江藤さんたちのことは物だと思ってるから」

「……え？」

「嫌なことを言われたらそう思えって、光が教えてくれたでしょ？」

――光。ふいに呼んでもらえた名前に、心臓が大きく跳ねる。うまく反応できないでいると、奈央が不思議そうに首を傾げた。

「どうしたの？」

「あ、いや、名前で呼ばれるとなんか照れる」

「呼んでって自分から言ってきたのに？」

「そうだけど、本当に呼んでもらえるとは思ってなかったから……」

「寺島に戻す？」

「ううん。嬉《うれ》しいから戻さないで」

保健室に行くはずだったのに、胸のムカつきはすでに治まっていた。俺たちは放課後、一緒に帰る約束をした。豆苗が伸びてきたので、再びキャベツの様子を見にきてほしいと誘うと、奈央は快く承諾してくれた。

＊

家に着いて、さっそく俺の部屋に案内した。キャベツは知能が高いだけじゃなく、記憶力もいい。奈央のことを覚えていたようで、いつも以上に鳥かごの中で飛び回っていた。

「わかった、わかった。今、出してやるから」

キャベツはまた奈央の肩に乗った。くちばしで髪を突っついていて、「くすぐったいよ」と彼女が笑っている。……いいな、って、なにがだ、俺。キャベツがあまりに奈央と仲良くしてるから、少しだけ嫉妬《しっと》してしまった。

「今日のキャベツはあんまり喋《しゃべ》らないね」

「喋るのも気分なんだよ、こいつ」

「なにか新しい言葉を覚えたりした？」

奈央がキャベツの頭をそっと撫《な》でる。キャベツはその手が気持ちいいのか、小さく目を閉じていた。

「覚えさせようとしてるけど、全然」

「なんて？」

「キャベツが覚えたらわかるよ」

俺は曖昧《あいまい》に言い繕って、誤魔化した。前にうちに来た時は緊張した様子の奈央も、今日はリラックスした佇《たたず》まいで、少しずつ心を開いてくれているように見える。

「……ねえ、変なことを聞いてもいい？」

「なに？」

「光って、未来がわかるの？」

前触れもなく投げかけられた質問に、心臓が激しく鼓動する。冗談交じりに同じようなことを聞いてくるやつは何人かいたが、親しい間柄であっても、俺はいつも『そんなわけないだろ』と否定していた。奈央には本当のことを打ち明けたい気持ちと、彼女だけには言えないという葛藤《かっとう》が胸の中でせめぎ合っている。

「……そうだって言ったら？」

静寂が部屋を包み込んだ。キャベツも空気を読んでいるのか、小さな頭を傾げて俺たちのやり取りを見守っている。

「もしそうなら、私の未来もわかったりするのかなって」

「わかんないよ。俺にはそんな大きな力なんてない」

「そっか。そうだよね。ごめん、変なこと言って」

奈央は空気を変えるように、キャベツに豆苗をあげ始めた。

俺が視えるのは自分の未来だけで、奈央の未来を視ることはできない。彼女に関してわかることがあるとするなら、１００日後も生きているということだけだ。

換気のために開けている窓から、柔らかい風が入ってくる。奈央の前髪が揺れて額があらわになると、横一線に走る傷痕《きずあと》が目に入った。

……ドクンッ。そんなはずはないと思いながら、過去の記憶がよみがえる。

八年前、あの日もこんな風が吹いていた。学校から帰る途中、青信号の横断歩道を渡っていたところ突然トラックが猛スピードで突っ込んできた。──死ぬ。そう覚悟した瞬間、どこからともなく走ってきた誰かに思いきり背中を押された。

勢いよく歩道に突き飛ばされた直後に、耳をつんざくようなブレーキの音がした。信号無視のトラックは電柱にぶつかって止まっている。頭が真っ白になり、なにが起こったのかわからない。だけど、俺は次の声で現実に引き戻された。

『……な、お、しっかりして、ねえってばっ！』

気づくと、同い年くらいの女の子が額から血を流して横たわっていた。側にいたもう一人の子が必死に体を揺さぶっているけれど、倒れている女の子は動かない。呆然《ぼうぜん》としながらも、流血している女の子が俺を助けてくれたのは明らかだった。

トラックに轢《ひ》かれたのか、それとも俺のことを突き飛ばした反動でどこかに頭をぶつけたのか。女の子のおでこには、横一線に深く切れた傷があった。

『……あ、あ……』

トラックの運転手は、車を置いてすでに姿を消していた。急いで大人を呼んで救急車を呼ばないといけないのに、俺は瞬時にこう思った。――もし、この子が死んだら俺のせいになる。そう考えたら、怖くなった。責任を取れって言われたらどうしよう。俺は悪くない。この子が勝手にやったことだ。

『……っ』

結局、そのまま逃げた。女の子を心配するよりも、自分の身を優先してしまった。

「……なあ、俺も変なこと聞いてもいい？」

「うん」

「奈央って昔、トラックに轢かれそうになってた人を助けたことってある？」

こんな偶然あるわけない。そう思えば思うほど、あの日の女の子の面影と奈央が重なって見える。

「小三くらいの時に、男の子を助けたことはあるよ。私はその時のことをあんまり覚えてないんだけどね」

「じゃあ、額の傷もその時に？」

「あ、これ？　うん、そうみたい。でも、なんで急にそんなことを聞いてくるの？」

間違いない。八年前に俺のことを助けてくれたのは、目の前にいる奈央だ。

無事でいてくれたことに安堵《あんど》しながらも、やっぱりなにも言わずに逃げてしまった後悔が込み上げてくる。

もしもあの瞬間が自分の分岐点だったとして、仮に死ぬ可能性もあったなら、奈央が生きる運命に変えてくれたということになる。

なんであの日を境に未来が視えるようになったのか、ずっと疑問に思っていた。

だけど、これでようやくわかった。

この力は……彼女のことを助けるために芽生えたもの。

今度は俺が、奈央の命を繋《つな》ぐために。

5　きみと触れ合い

私は人を好きになったことがない。
だから恋がなんなのかわからない。
心臓が無条件に飛び跳ねたり。
体温が少しだけ上がったり。
なにをしていても頭に思い浮かべてしまったり。
どこにいても目で追ってしまったりするのが恋だとしたら、私はきっともう——。

光が江藤さんに一喝してくれたおかげで、あれ以来絡まれることはなくなった。私が彼に告げ口をするとでも思っているのか教室でも大人しくしていて、相田さんのことをからかうことも止めたようだ。
また静かな学校生活に戻り、休み時間を利用して図書室を訪れると……。

「あれ、柴崎さん？」

柔らかな日差しが差し込む一角に、相田さんの姿もあった。彼女は対面式の机ではなく、目隠しで覆われたひとり用の机を使っていた。

「柴崎さんが図書室に来るなんて珍しいね」

「うん。朝読で読んだ本を返そうと思って」

江藤さんたちからの悪質な絡みがなくなったとはいえ、相田さんが終業のチャイムと同時に素早く教室から姿を消すことを知っていた。どこか落ち着ける場所を見つけたのだと思っていたが、どうやら図書室に来ていたみたいだ。

「相田さんはここで漫画を読んでるの？」

「あ、私はその……」

何気なく尋ねた質問に、彼女の目が泳いだ。相田さんが使っていた机には、ノートが広げられている。覗《のぞ》き見るつもりはなかったけれど、ちらりと見えてしまったノートには、枠線で区切られたイラストのようなものが描かれていた。

「実はネームを描いてたんだ」

「ネーム？」

「ネームっていうのは、漫画の下書きみたいなものだよ」

相田さんは照れたように微笑んだ後、ノートを見せてくれた。柔らかいタッチで細かく書き込まれているだけじゃなく、キャラクターの表情も生き生きとしている。漫画に詳しくない私でも一目で上手《うま》いと唸《うな》ってしまいたくなるほどのクオリティだった。

「……これ、相田さんが全部描いたんだよね？」

「そうだよ。私ね、漫画家になるのが夢なんだ」

「だからよく教室で漫画を読んでたの？」

「うん。少女漫画家志望だから勉強っていうか、どういうのが人気なのかなっていつもチェックしてる。あ、もちろん漫画を読むのがただ好きなだけでもあるんだけど」

相田さんの口調は、いつもより少しだけ早口だった。まるで、自分の夢を人に話すことに少しだけ緊張しているかのように。漫画を読んでいるだけで江藤さんからバカにされていたこともあったけれど、まさかこんなにも立派な夢があったなんて知らなかった。

「そっちのスケッチブックにはなにが描いてあるの？」

机にはノートのほかに、B6サイズの小さなスケッチブックが置かれていた。その表紙は相田さんの夢そのものを象徴するかのように、きらめく星とペンがデザインされている。

「こっちはデッサンの練習用。このくらいの大きさだと授業中でもバレずに描けるから」

デッサンとは物体の形を鉛筆などで正確に描くことだ。美術の授業で実際に描いたことがあるけれど、用意されたリンゴでさえ私は上手に描けなかった。

「少しだけ、見てもいい？」

「こ、こっちはダメ！」

相田さんは隠すように、スケッチブックを胸に抱えた。どんなものが描かれているんだろうって好奇心から言ってしまったけど、少し図々《ずうずう》しかったかな……。

「あ、違うの、違うの。柴崎さんに見せたくないとかじゃなくて、見せたら多分引かれるっていうか、怒られるかなって……」

「？」

「勝手に描いてごめんなさい」

そう言って広げられたスケッチブックには、私の顔が描かれていた。おそらく授業中であろう横顔は、陰影まで正確に描かれていて写真みたいにリアルだ。

「これって……」

「本当に、本当に無断でごめんなさい！　柴崎さんは私にとってヒーローだから、憧《あこが》れの意味も込めて勝手に描いてました」

スケッチブックの中には、頬杖《ほおづえ》をついてどこかを見上げている姿もあった。きっと、いつものように空を眺めている私だ。

空を見ている時は、いつだって消えてしまいたいと思っている時なのに、なぜか相田さんが描いてくれた顔は苦しそうじゃない。多分それは、相田さんの瞳《ひとみ》に映っている私を描いてくれているから。

私は、ヒーローなんかじゃない。でも相田さんにはこうやって見えているんだと思ったら、新しい自分に出会えたような、不思議な気持ちになった。

「こんなに綺麗《きれい》に描いてくれてありがとう」

「そんなそんな！　柴崎さんはもっと美人だよ！」

「ははっ」

その言葉があまりにもまっすぐで、つい笑ってしまった。その様子に、相田さんが少し驚いた顔をしている。自分でも〝らしく〟なかったかもしれないと咳払《せきばら》いをして誤魔化そうとしたら、彼女が思いがけない提案をしてきた。

「し、柴崎さん！　もしよかったら正面から柴崎さんのことを描かせてくれませんか？」

「え？」

「柴崎さんのことをちゃんと描きたい」

相田さんの瞳が、ビー玉みたいにキラキラしていた。少し前の私だったら、素っ気なく断っていただろう。だけど、今は断る理由がなかった。

「恥ずかしいけど……うん、いいよ」

「ほ、本当っ⁉」

「うん、私はいつでも大丈夫だから相田さんの都合に合わせる」

「じゃあ、今日の昼休み！……だと、さすがに急すぎるかな？」

「わかった、昼休みね」

変わることはないと思っていた自分の世界が、少しずつ色づいていくのを感じた。終わりに向かって進んでいくはずだった日常に、小さな小さな風が吹く。

＊

「なにそれ、すげえ！」

放課後、私は光と並んで歩いていた。また彼と一緒に帰ることになり、昼休みに相田さんから描いてもらった絵を見せたところだ。

「ね、本当にプロみたいに上手だよね」

描いてもらった絵は、相田さんが丁寧にスケッチブックから切り離し、記念にプレゼントしてくれた。昼休みに私は彼女と色々な話をした。お薦めの漫画について熱心に語る相田さんは輝いていたし、高校を卒業したら美術大学へ進みたいことも教えてくれた。

「相田と仲良くなれてよかったな」

「え、仲良く……できてるのかな？」

「俺にはそう見えるよ」

――『柴崎さんと仲良くできるわけないじゃんね』

小学生の頃、誰かにそんなことを言われたことがあった。たしかグループ学習の授業があり、ひとりでいる私を見かねた先生が、女子の班に連れていってくれた時だ。

表面では快く仲間に入れてくれたけれど、先生がいなくなった後にはっきり『仲良くできない』と、一線を引かれた。

なにかをしたわけじゃないのに、勝手に合わないと判断されて弾《はじ》かれる。そういうことが数えきれないほどあったので、自分でも誰とも仲良くできるはずがないと決めつけていた。

「今日はまっすぐ帰る？　それともまたうちに寄る？」

「じゃあ……」

返事をしようと思った時、「てら～！」という甲高い声が聞こえた。振り向くとそこには光の友達が勢揃いしていた。

「そそくさと帰ったと思えば、柴崎さんと一緒だったんだ！」

ひとりの女子が元気よく駆け寄ってきた。次々にやってくる彼の友達の中に、よく名前が出てくる新山荒太くんの姿もある。

「お前ら、なんで同じ方向なんだよ？」

光は追い払うように、しっしと片手を振っていた。

「うちらこれからマックに行くんだよ！　あ、せっかくだしこのままふたりも一緒に行こうよ！」

「うんうん、柴崎さんもおいで」

「おい、迷惑だからいきなり誘うなって」

光は女子たちの腕を摑《つか》んで引き離すと、新山くんに早く帰れと言わんばかりの目配せを送った。しかし、女子たちは「みんなで行きたい！」と駄々を捏《こ》ねている。

光は人気者だから、私を嫌っている女子のほうが多いはずなのに、彼の友達はみんなどこかうららかで気さくな雰囲気だった。……光と同じだ。もしかしたら彼がそういう人だから、周りもみんないい人なのかもしれない。

遠巻きに光たちのことを見つめていたら、突然左胸に鋭い痛みが走った。まるで心臓が握りつぶされるかのような感覚に、全身が硬直する。心臓が締め付けられる症状は頻繁に起こることではあるけれど、人に見られたことはない。

熱い吐息が漏れるのを抑えながら、私は背中を丸めた。……今はダメ。病気のことを光に知られたくないし、彼の友達にも気を遣わせられない。痛い、苦しい、冷や汗が止まらない。どうしよう、どうしよう。

「わ、私は帰るから、ひか……寺島だけ行きなよ！」

平静を装い、ありったけの声を振り絞る。彼の反応を待たずに「じゃあね」と告げると、一目散に歩き出した。

「え、お、おい。奈央……！」

私を呼び止める声が後ろで響いていたけれど、追いつかれないように早足で進んだ。そのまま角を曲がり、電信柱の陰に身を隠す。力が抜けて崩れ落ち、その場にうずくまった。

ドクン、ドクン、ドクン……。心臓が信じられない速さで鼓動している。ひとりになってホッとしているはずなのに、なぜか視界が涙で霞《かす》んでいた。

「……っ、」

さっき、彼のことを「光」って呼べなかった。
私なんかが、呼んじゃいけないって思った。
だって、私は普通じゃない。
彼がいる場所の中に、私は交ざることができない。
最初からわかっていたはずだった。
私の命には、タイムリミットがある。
だから、光に近づいてほしくなかった。
遠ざけようと思っていたのに、いつの間にか心を奪われていた。
だけど……やっぱり一緒にいてはいけない。
彼と一緒にいるべきじゃないんだって、痛む心臓が教えてくれた気がした。

その日の夜。私は陽子さんと向かい合って食事を取っていた。沈黙が重くのしかかる空間で、淡々と箸《はし》だけを動かす。病院の薬が効いて体調は回復したものの、息苦しさは相変わらずで、ご飯を飲み込むことさえ一苦労だった。

「ごちそうさまでした……」

私は言葉を絞り出しながら、箸を置いた。食卓の料理はまだたくさん残っているが、もう一口も食べられそうになかった。

「もういいの？」

「食欲があんまりなくて……」

「体調が優れないなら、無理して学校に行かなくてもいいのよ。体がつらいだけでしょう？」

「今日はたまたま体調が悪いだけで、いつもは平気なので」

すると陽子さんは怪訝《けげん》そうに眉《まゆ》をひそめた。リビングに微《かす》かな静けさが再び漂い始める。陽子さんは、言いたいことが溢《あふ》れてきそうな目で、私のことを見ていた。

「寛貴さんもそう言って倒れたのよ。平気平気って言い続けて、結局平気じゃなかった。無理をしてもろくなことはないわ」

「…………」

私を産んでくれたお母さんは、元々体が弱い人だったらしい。私の病気と母の体の弱さは関係ないかもしれないが、寿命は遺伝で決まることもあると聞いたことがある。

そう思うと、体の弱さや寿命という宿命が家系的に繰り返されるのかもしれない。

「とにかく私としては安静にしていてほしいのよ。それに最近不良みたいな子と親しくしているみたいだし、振り回されてもっと体が悪くなったら大変だわ」

「……不良？」

「誤魔化してもダメよ。あなたと一緒にいるところを何回か見てるんだから」

おそらく光のことだろう。聞きたくても聞けずにいた反動なのか、陽子さんは「どうせ、そそのかされているんでしょう」と、呆《あき》れた顔でため息をついていた。

「そそのかされてないです。光はいい人ですよ」

「でも髪の毛も明るく染めてたし、学校の校則を守れない子のことを信用なんてできないわ」

「なんで……そんなふうに言うんですか？」

「寛貴さんのように突然、倒れたりしたら……」

「陽子さんが困るから？」

核心を突くように、私は陽子さんの言葉を遮った。自分なりに病気のことは受け入れてきたつもりだ。だけど、私だって病気になりたくてなったわけじゃない。いつもなら冷静でいられるのに、今日は感情のコントロールができなかった。

「陽子さんは……私がいなくなったほうが楽でしょ？」

「え？」

「血の繋《つな》がりがないのに一緒に住んでるなんて変だし、お父さんがいなくなって本当は、私のことが邪魔だったんじゃないんですか？」

だから、陽子さんは私に冷たくなった。当然の反応だと割り切ろうとしても、悲しかったし苦しかった。

「だけど、安心してください。私はもうすぐいなくなるし、そうすれば陽子さんは自由に……」

「いい加減にしなさいっ！」

パンッ！　と乾いた音が部屋に響き渡った。頬にじんとした痛みが広がり、手を当てるとそこが熱くなっているのがわかった。陽子さんに叩《たた》かれたのだと理解した瞬間、驚きと悲しみが入り交じったような気持ちになった。

「どうしてそんな話になるのよ？」

私と同じようにいつも冷静な陽子さんの声が震えていた。どうして、なんて、私が聞きたい。いつから、どこから、なんでこうなってしまったのか。考えて、考えて、考えるたびに、いつだって同じ答えにたどり着く。

「陽子さんは……お父さんが死んじゃってから私の目を見なくなった。近づいても距離を取るように離れて、私に笑ってくれなくなったじゃないですか」

「そ、それは……」

自分が一番、ここにいてはいけないことはわかっている。だけど、逃げる場所もなかった。冷たくされても、目を合わせてもらえなくても、触れてもらえなくても、ここにいるしかなかった。

「私の居場所はどこにもない。私は、私は……っ」

耐えきれなくなった感情が爆発し、気づけばそのまま家を飛び出していた。生暖かい風が頬にしみる。視界がぼやける中、ただひたすら遠くにいくことだけを考えた。

――『奈央ちゃん、初めまして』

陽子さんと初めて会った時のことは、今でも鮮明に覚えている。場所はお父さんとよく通っていた定食屋だった。事前に「紹介したい人がいる」と伝えられていたが、当時の私はその意味を深く理解していなかった。

陽子さんは、お父さんの隣ではなく私の隣に座った。なぜかその時、不思議な安心感に包まれた。陽子さんは穏やかで優しくて、私と気さくに話してくれた。私が残してしまったアジフライ定食を美味《おい》しそうに平らげ、トイレに行く際には手を添えて案内してくれて、店を出た帰り道では、手を繋いでくれた。

陽子さんと並んで歩くと、慣れ親しんだ道が初めての場所のように思えたくらい、新鮮で特別なもののように感じられた。

今までお母さんがいない環境で育って、お父さんとふたりでいることが当たり前だと思っていた。けれど、陽子さんが隣にいると、お母さんってこんな感じなのかなって、陽子さんがお母さんになってくれたら嬉《うれ》しいなって思った。

それから数日後、晴れた日曜の午後に乃亜ちゃんのことも紹介された。公園でピクニックをすることになり、芝生の上で乃亜ちゃんとバドミントンを楽しみ、お父さんと陽子さんはレジャーシートに座って、微笑みながら私たちを見守っていた。温かく優しい時間が、永遠に続いてほしいと願った。

だけど、お父さんがいなくなって私たちはバラバラになった。陽子さんと乃亜ちゃんと家族でいたいのに、血の繋がりがない私が一緒にいる資格はあるのか。お父さんがいないのに家族として居続けることは正しいことなのか、今でも不安になる。

「ねえ、ひとり？　暇なら俺らと遊ばない？」

遠くにいきたかったのに、気づけば馴染《なじ》みのコンビニに着いていた。店の前を通りかかると、大学生くらいの男子数人に声をかけられた。酔っているのか、近づいてきた瞬間に強いお酒の匂いが鼻をつく。無視して通り過ぎようとしたが、「いやいや、それはないでしょ」と強引に腕を掴《つか》まれてしまった。

「は、離してください」

「離してくださいだって。かわいー！」

「やだ……」

「なにか嫌なことでもあったんでしょ？　だってきみ今にも死んじゃいそうな顔してるじゃん」

その一言で、私は抵抗するのをやめた。

「わかるよ。世の中、嫌なことだらけだもんね」

なにか踏んだ音がして確認すると、靴の下に潰《つぶ》れた蟬の抜け殻があった。

蟬は必ず仰《あお》向《む》けで死ぬ。もしも今死んだら、私は誰の顔を思い浮かべるだろう。お父さん？　それとも、会ったこともないお母さん？

――『奈央は大人になれるから大丈夫だよ。俺が保証してやる』

あの言葉を聞いた時、私は初めて生きたいと思った。

光が保証してくれるなら、生きて大人になりたい。いなくなることばかりを考えるんじゃなくて、ずっとこの世界にいられるように頑張ろうって。そうやって、強く強く、思ったんだよ。

「嫌なことは遊んで忘れちゃおう、ね？」

「おい、気安く触んな」

急に視界が遮られ、思わず顔を上げた。目の前には、大きな背中が立ちはだかっていた。この後ろ姿とほのかに甘い匂いを、私はよく知っている。

「なんだてめえ！　邪魔すんなよ！」

「あ？」

「おい、やばいって。こいつ寺島じゃん」

喧嘩腰《けんかごし》だった男は、慌てて連れ合いに制止された。光の顔をまじまじと見た後、その顔色は急速に変わっていった。まるで氷水に入れられたかのように、血の気が引いて青ざめているのがはっきりとわかる。

「まだ用があるなら、俺が話を聞くけど？」

「な、ないです、ないです！　さようなら！」

急いで逃げていく姿を見て、私はぽかんとした。そういえば、光が道を歩けばみんながら避《よ》けるという噂があった気がするけれど、どうやら本当だったらしい。

「お前な、こんな時間にひとりでいるなよ」

　こちらを振り向いた彼に怖さはなく、私のことを心配している目をしていた。

「そっちこそ……なにしてたの？」

「俺はコンビニでまたアイス買ってた。奈央はさんぽってわけじゃねーよな。どう見ても」

　彼の視線が私の足元に向く。なにも考えずに家を出てきたから、履いていたのはビーチサンダルだった。

「……ちょっと、頭を冷やすために歩いてた」

「俺のほうが色んな意味で冷えたわ」

「助けてくれてありがとう」

「危ないから家まで送っていくよ」

「い、いい。ひとりで帰れるから！」

　家に戻りづらいことを隠して断ったら、なぜか「……俺、奈央になんかした？」と不安そうに問われた。一瞬なんのことだかわからなかったけれど、放課後逃げるように帰ってしまったことを、自分のせいだと思っているのだと察した。

……ここで冷たくすれば、光はもう関わってこないかもしれない。でも私には、突き放すことなんてできなかった。

「今は……事情があって家に帰れないの」

私は息を吸ってから続けた。陽子さんに叩かれた頬が、今でもじんじんと痛んでいる。

『家族っていうのは、血の繫《つな》がりだけじゃないんだよ』

遠い昔、お父さんから言われた言葉を思い出す。血縁関係があっても他人のような家族もいるから、私も血の繫がりだけが全てだとは思っていない。

だけど、自分の中に陽子さんと乃亜ちゃんと同じ血が入ってないんだと思うと、寂しくてたまらない時もある。

人と人の繫がりは目に見えない。だからこそ私は……ちゃんとした繫がりがほしいと思ってしまうのかもしれない。

「じゃあ、うちに来る？」

「え？」

「言っとくけど下心はねーぞ。単純にこのまま外をうろつかれるのが心配なだけ」

うちの複雑な家庭環境を理解してくれている光は、今日もなにも聞かずにいてくれる。

＊

夜にお邪魔するのは、さすがに迷惑だからと一度は断ったけれど、それだったら俺も家には帰らないと言うので、私は申し訳なさを感じながら、彼の家に向かうことに決めた。街灯の明かりが少しずつ少なくなり、住宅街の落ち着いた風景が広がる中、光の家が見えてきた。

「いらっしゃい」

出迎えてくれたのは、光のお母さんだった。事前に私が行くことを連絡してくれていたようで、彼のお母さんは快く招き入れてくれた。

「お、お邪魔します。あ、えっと、ひか……寺島くんと同じ学校に通っている柴崎奈央です」

突然来たことへの謝罪もしなきゃいけないのに、挨拶《あいさつ》だけでいっぱいいっぱいになってしまって、うまく喋《しゃべ》ることができなかった。

「奈央ちゃんね。お腹はすいてない？　余り物でよかったらカレーがあるんだけど」

「だ、大丈夫です。ご飯は家で食べてきました」

「そう？　なにもないけど、ゆっくりしてね」

彼のお母さんは、当たり前だけど光に似ていた。警備会社に勤めているお父さんは夜勤でいないそうだ。

「こんな時間に来ちゃったのに、お母さん優しいね」

「荒太も突然来たりするからな。まあ、女子は初めてだから内心はソワソワしてると思うよ」

「お父さんとも顔とか似てたりする？」

「どうだろ。声はそっくりらしいけど、自分じゃよくわかんない」

いつかお父さんのことも見てみたいと思ったけれど、さすがに烏滸《おこ》がましくて言葉にはしなかった。

光の部屋を訪ねると、鳥かごの中の止まり木にキャベツがいた。いつも激しく動き回っているのに、今日は置物みたいにじっとしている。

「もしかして……寝てる？」

「うん。大体いつも八時頃には寝るよ。んで、朝の六時には起きるっていう、すげぇ規則正しい生活してる」

「可愛い、目瞑《つぶ》ってる」

「そりゃ、そうだろ。寝てるんだから」

「鳥は目を開いたまま寝るのかと思ってた。魚みたいに」

「さすがに、こえーわ」

光が笑ってくれたのを見て、どこかホッとしている自分がいた。家を飛び出した時は絶望しかなかったのに、彼といると私は息が吸いやすくなる。

「奈央は明日《あした》、何時に起きる？」

「明日？」

「このまま泊まってくだろ？」

流れるように言われたからか、思わず聞き逃してしまいそうになった。

泊まる？　私が？　光の家に？

明日は土曜日で学校は休みだけど、この展開は考えてなかった。

「と、泊まらないよ！」

「じゃあ、家に帰れんの？」

「そ、それは……」

「いいから今日は泊まっていけよ。俺ので良かったら洋服も貸すから」

「うん、ありがとう」

私は光の優しさに甘えることにした。心配をかけないように【友達の家に泊めてもらいます】と陽子さんに連絡すると、すぐに簡潔な返事が届いた。……きっと私に対して呆《あき》れているに違いない。

「奈央ちゃん、ごめんね。おばさんの横で寝るなんて嫌でしょう？」

「いえいえ！　そんな！」

私は光のお母さんと同じ部屋で就寝することになった。リビングでもいいと申し出たが、お客さんをそんなところで寝かせられない！　とお母さんが寝室に布団を敷いてくれた。

……光のお母さんと一緒に寝るなんて、なんだか緊張する。

「奈央ちゃんは電気を消すタイプ？　それとも付けて寝るタイプ？」

「あ、私は豆電球だけは付けるタイプです」

「本当？　おばさんもよ」

部屋にオレンジ色の小さな明かりが灯《とも》る。今日は色々あって疲れたけれど、頭が変に冴《さ》えているからきっと眠れないだろう。

「ねえ、奈央ちゃん。普段、光とどんな話をする？」

彼のお母さんが、優しい口調で聞いてきた。

「あの子は自分の話をしたがらないから、学校のことも私に全然教えてくれないのよ」

「学校の寺島くんは人気者ですよ。たくさんの友達に囲まれていて、いつも『てら、てら』って呼ばれてます」

「だけど、迷惑をかけてる時もあるでしょう？」

「たしかに目立つことをしてる時もありますけど、誰かのことを傷つけたりはしない。だから、寺島くんは友達から好かれているんだと思います」

接点を持つ前、私は光のことを偏見の目で見ていた。でも話すようになって、彼の魅力を数えきれないほど知った。

「私もね、親バカだけど、あの子は誰よりも優しいと思っているのよ。夜遊びをしたり学校から電話がかかってきたり、生活態度は真面目とは言えないけど光のことが大事なの。あ、この話はふたりだけの秘密にしてね。どうせあの子は気持ちわりーって言うだけなんだから」

「ふふ、はい」

彼は家族にも愛されている。だからこそ、あんなにも心が温かい人なのだと思う。

しばらく話していたけれど、そのうちに光のお母さんは眠ってしまった。とても穏やかで、静かな夜だった。光はもう寝てしまっただろうか。壁の向こう側にいる彼のことを考えていると、スマホの画面がパッと明るくなった。

【大丈夫？】

メッセージは、光からだった。

【平気。お母さんは寝たよ】

【奈央は寝れそう？】

【わかんない。そっちは寝ないの？】

【寝るよ。名前、もう呼んでくれないの？】

私は彼の部屋がある壁を見つめた。名前くらいで一線を引けるなんて思ってない。だけど、なんとなくまだ声に出して呼ぶことを躊躇《ちゅうちょ》している自分がいる。

【奈央がなにを気にしてるか知らないけど、俺は嫌われても関わるから】

【嫌わないよ。今日はあんな形で帰ってごめん。光の友達にも感じ悪かったと思う】

【あいつらはそんなこと気にしないから平気だよ】

光はあの後、少しだけ友達の誘いに付き合ったらしい。それを断って、私のことを追いかけてくる人じゃなくてよかったと思う。

彼とのやり取りは、夜が深くなるまで続いた。内容は他愛《たわい》ないことでも、私にとってはひとつひとつに意味があって、光から返信を受けるたびに愛《いと》おしさが込み上げた。

自分の命にタイムリミットがあるから、彼と一緒にいられないと思っていた。

だけど、それは間違っていた。

自分の命にタイムリミットがあるからこそ、光と一緒にいられる時間を大切にしなければいけないんだ。

【ねえ、もしも私がもうすぐ死ぬって言ったらどうする？】

【じゃあ、もしも俺がもうすぐ死ぬって言ったらどうする？】

【やだ、悲しい】

【うん、俺も】

その瞬間、心臓がまた痛んだ。外からは見えない病魔は、容赦ないスピードで進行している。もしかしたら、宣告された期限よりも早く心臓が止まる可能性もある。

怖い、怖い、死ぬのが怖い。

人生の終わりを自分で選ぼうとしたこともあったのに、今は死にたいじゃなくて生きたい。ただひたすらに生きたいと思っている。

【俺、奈央にならあげてもいいよ】

握りしめていたスマホの画面が再び光った。

【全部、全部、あげる。奈央だったらあげられる】
痛かったはずの心臓が、和らいでいく。
なにを？　って、聞けなかった。
その代わりに涙が止まらなくて、画面が見えなくなった。
私は十分すぎるほど、光に色々なものを貰《もら》っている。
だから貰うんじゃなくて、私があげたい。
あげられる人になりたい。
私も光のことが誰よりも大事だから。
失いたくない、好きな人だから。

6　きみと祈り合い

──遺言をなかったことにしてほしい。

光のことを好きだと自覚した次の日、乃亜ちゃんに電話でそう伝えた。

臓器移植のドナーが簡単に見つからないことはわかっている。

だけど、生きられる可能性があるのなら、私は希望に手を伸ばしたい。


「え、穴？」

午前授業が終わった昼休み。私は家庭科室で光と昼食を取っていた。彼が用意してくれた大きなコロッケパンを半分こしながら聞いていたのは、反抗期真《ま》っ只中《ただなか》だった光の中学時代の話だ。

「そう、家の壁を殴ったらボコッと穴が開いてさ。ちょうど自分の拳《こぶし》サイズぐらいのやつ」

「なんで殴ったの？」

「とにかくすげえ苛《いら》ついてたんだろうな。まあ、反抗期なんて大体そんなもんだよ」

「壁に開いた穴は直したの？」

「いや、まだ残ってる。親たちいわく、記念として残してるらしい。なんの記念なのかはよくわかんないけど」

光の家で一晩過ごしてから、私たちの距離は前より近くなった。彼はこうして自分のことを積極的に教えてくれるようになり、私も陽子さんとの悩みを相談できるようになった。

「俺は親のことを煙たく思ってた時期が長かったけど、奈央はそうじゃないだろ。このままでいいと思ってないなら、ちゃんと自分の気持ちを伝えたほうがいいと思う」

思えば私は、ずっと自分の気持ちから目を背けてきた。お父さんが生きていた頃もわがままなんて言わなかったし、陽子さんの前でも迷惑をかけないようにいい子でいることを心掛けていた。

――『お父さんがいなくなって本当は、私のことが邪魔だったんじゃないんですか？』

あんなことを言うつもりじゃなかった。だけど、あれは私の本音でもあった。自分の心の奥底に潜んでいた不安と孤独が、ついに口を衝《つ》いて出てしまったのだ。大好きだったお父さんがいなくなってから、ずっと苦しかった。私の存在が陽子さんの負担になっているのではないかと、毎日毎日その思いに悩まされていた。

私はあの質問の答えを、まだ陽子さんから聞いていない。脳裏に焼き付いているのは、陽子さんの悲しそうな顔だけだ。

ガラッ！　その時、家庭科室の扉が勢いよく開いた。

「ハア……ハア、やっと見つけた！」

息を切らせて現れたのは、新山くんだった。どうやら二組の先生が光のことを捜しているらしく、新山くんが代理で見つけに来たようだ。

「延長してもらってた夏休みの課題。今日までに出せって担任マジギレしてた」

「あ、忘れてた」

「スマホに電話してんのに出ないし」

「出ねーよ。奈央といる時はミュートにしてるから」

夏休みが明けて随分経つのに、まだ課題を出してないのは光くらいだろう。私は苦笑いをしながら、コロッケパンの最後の一口を噛《か》みしめた。

「奈央ちゃん、奈央ちゃん」

彼と一緒に家庭科室を出ようとすると、新山くんに小声で名前を呼ばれた。

「てらからなんか言われたりした？」

「？」

「今日は朝から夜景スポットを調べてたよ」

こっそり教えてくれた情報は、光の耳には届いてなかった。新山くんはなぜかニヤニヤしていたが、それが私と行くためなのか、それとも別の人を誘うためなのかは、本人に聞かないとわからないことだ。でも、私だったらいいと少し期待している自分に驚く。……好きな人ができるって、こういう感じなんだ。


「柴崎さんと寺島くんって、付き合ってるの？」

六時間目の選択授業に向かう途中の廊下で、相田さんから突然そんな質問をされた。絵を描いてもらった日から、私たちは学校で一緒にいるようになっていた。

「ううん、付き合ってないよ」

「そうなの？　お似合いなのに」

「相田さんは彼氏いる？」

「いるわけないよ。あ、でも推しはいるかな」

「推し？」

「最近ハマってる漫画のキャラクターなんだけど、すっごくカッコいいんだ。私もいつか自分の漫画が誰かの推しになれるように頑張れたらいいなって」

「相田さんならできるよ」

「へへ、ありがとう」

ブーブー。制服のポケットの中でスマホが震えた。確認すると、ただの日替わりの天気予報の通知だった。

先週、通院している病院で検診を受けた際、主治医の先生に心臓移植について自分から色々と聞いた。

私の名前は日本臓器移植ネットワークというところに登録されていて、ドナーが見つかったら病院に連絡が入り、陽子さんを通じて私に電話がかかってくることになっている。

待機患者は他にも多く、私の心臓に適合するドナーが見つかる確率は極めて低い。でも、可能性はゼロじゃない。今日もしかしたら、その電話がかかってくるかもしれない。

ズキン、ズキン……。そんな願いとは裏腹に、心臓がまた痛み出した。胸部が圧迫されてるせいか、左側の背中から腕、さらに歯まで疼《うず》いている。

生きるためには、ドナーを待たなければいけない。

でも私にはもう、ゆっくり待つ時間は残されていない。

「……あ、相田さん。悪いんだけど先に行っててくれない？　ちょっと忘れ物をしちゃって」

「じゃあ、私も一緒に取りにいくよ」

「だ、大丈夫、大丈夫！　すぐに追いつくから」

相田さんと別れた後、駆け込むようにしてトイレに入った。ドアを閉めて持ち歩いているピルケースから薬を取り出したいけれど、指が震えているせいでうまく取ることができない。

「早く、早く……っ」

結局、私はピルケースごと口に運び、薬を飲み込んだ。決められた量より多く飲んでしまったが、副作用の怖さよりも、全身に広がる痛みを消したかった。

【窓の外を見たら、可愛いのがいた】

朦朧《もうろう》としてきた意識の中、光から届いたのは、中庭で日向《ひなた》ぼっこをしてる猫の写真だった。目を細めて気持ちよさそうにしている猫の愛らしさに心が和むと同時に、頬に一筋の涙が伝った。

余命宣告された日から、もうすぐ二か月。

神様はあと一か月待ってくれるだろうか。

もう少し、光といられる時間を私にくれる？

【大事な話があるから、今日の夜に時間を作ってほしい】

力を振り絞って、彼にメッセージを送った。

なにも言わずに死んだら、私はきっと後悔する。

だから、今まで隠していたことを、ありのままの自分の気持ちを光に伝えたい。

＊

約束の夜、光はうちの近くまでバイクで迎えにきてくれた。以前のように後ろに乗せてもらい、両腕を彼の腰に回した。エンジンの轟音《ごうおん》が鳴り響き、私たちは街路へと繰り出す。

どこに行くのか聞かされてないのに、不安は一切感じない。光の背中に身を委ねると、自分の髪の毛が風の中で揺れていた。次第に街の明かりが遠ざかり、静かな道へと入ったところで、バイクはゆっくりと減速して停まった。

「着いたよ」

光はそっと私のヘルメットを外してくれた。目の前に広がっていたのは、小高い丘にある展望台だった。ビルがそびえ立つ中心街が宝石の海のように煌《きら》めき、無数の光が瞬いている景色は、息を呑《の》むほど美しかった。

「それで、話ってなに？」

彼の優しい声が耳に届く。病気のこと、迫り来る余命のこと、そして光への想いをすべて打ち明けようと思っていたのに、喉《のど》が詰まって言葉が出ない。

「ゆっくりでいいよ。奈央が話せるまでいくらでも待つから」

街の喧騒《けんそう》とはかけ離れた静寂の中で、私たちはまるで二人だけの世界にいた。大丈夫、光になら話せる。光だから、話したいことがある。

「私、心臓の病気なんだ」

勇気を出して伝えた声は、想像以上に震えていた。

「余命宣告もされてて、本当はもう長くなくて……」

ちゃんと伝えたいのに、うまく伝えられない。その様子を見た光は、そっと私のことを引き寄せて優しく頭を撫《な》でてくれた。彼の温《ぬく》もりに安心感が込み上げて、涙がと

「話してくれてありがとう。俺も奈央に言ってなかったことがあるんだ」

まらなかった。

「……なに？」

「奈央から時間を作ってほしいって言われること、今日の朝からわかってた」

「え？」

「だから、ゆっくり話せそうな場所を調べたんだ」

驚いて顔を上げると、光が柔らかく微笑んだ。――『今日は朝から夜景スポットを調べてたよ』新山くんに言われたことを思い出す。

「前は誤魔化したけど、正直に言う。俺には未来が視えるんだよ」

衝撃が雷のように私を襲った。屋上で友達になってほしいと告げられた時と同じような感覚だった。

「でも、全部ってわけじゃない。視えるのは自分に関することだけだけど、奈央の体のことも本当は最初から知ってたよ」

その言葉に、心臓が鼓動を強めた。光が全部を知っていたなんて……。でも、今まで彼の言動を不思議に思う瞬間は何度もあったから、やっぱりそうかと納得する自分もいた。ただ、ひとつだけ大きな疑問が浮かんでいる。

「光に関する未来だけが視えるなら、なんで私の病気がわかったの……？」

その質問を投げかけると、彼は夜景を見つめた。摩天楼の輝きが彼の瞳《ひとみ》に映し出されて綺麗《きれい》なのに、なぜか私には涙の欠片《かけら》のように見えた。

「俺が奈央に友達になってほしいと言ったのは、自分の100日後の未来を知ったからだよ」

「どんな未来なの？」

「………」

光の口は固く閉ざされ、言いにくそうに黙り込んだ。

彼から友達になってほしいと言われたのは七月の中旬。私が余命三か月と告げられた時期に近い。

少し前に光に未来が視えるのか尋ねた時、私は自分の未来を知ろうとしていた。

100日後の私は、生きているのか。それとも宣告どおりに死んでしまうのか。彼が視た未来に私が映っていたのなら、光はその答えを知っているはずだ。

「どんなことを言われても驚かないから、話してほしい」

私は彼の手を、ぎゅっと握った。覚悟なんてないけれど、光の言葉なら受け入れられる気がした。どんなことでもきっと……。

「俺は……俺は、十月にバイク事故で死ぬんだ」

ドクンッ。思わず血の気が引いて、後ろに倒れそうになった。

「俺は脳死状態で病院に運ばれた。もうどんな手を尽くしても助かる見込みはなくて、医者から提案されたのが臓器移植だ」

「の、脳死……？　臓器移植って……」

「俺の両親はそれを受け入れた。それで俺の心臓は──」

「ま、待って。言わないで。なんか怖くなってきちゃった」

「奈央、聞いて」

「やだ、聞きたくない」

「俺の心臓は、奈央に提供されるんだ」

時間が止まってしまったみたいに、息を吸うのも忘れていた。聞きたくないと言ったのに、光は嘘をつかずに、ただただまっすぐ教えてくれた。

──『奈央は大人になれるから大丈夫だよ』

あの日の言葉が、思い出の花火とともによみがえる。

私が生きたいと思ったのは、生きようと思ったのは、光と一緒にいたいからだ。

いつまでも、なんて贅沢《ぜいたく》なことは言わない。

でも三か月という短い時間じゃなくて、もっと長く初めて好きになった人と生きたいと思ったから、今日も移植の電話がかかってくるのを待っていた。

それなのに……なんで？

なんで、光の命と引き換えに私が生きるの？

「なんで、なんで……。そんなのやだ、……私、光の心臓なんて欲しくない……っ」

膝《ひざ》から泣き崩れる私を、光がまた抱きしめてくれた。

「ねえ、嘘だって言ってよ。お願いだから……そう言ってよっ……」

「俺はお前に死んでほしくない」

「……私だってっ」

「奈央に、生きてほしい」

光はすでに、覚悟を決めているような瞳をしていた。

私だって、光に生きてほしい。

どうすればいい？　どうすればいいの？

＊＊＊

七月上旬のある蒸し暑い夜、衝撃的な未来を夢で見た。

バイクの単独事故を起こした俺は、意識不明で病院に運ばれた。

生命維持装置でなんとか一命は取り留めたものの、頭を強く打ったせいで脳の機能はすべて廃絶——つまり脳死だった。

脳の損傷は深刻で回復の見込みはなく、目を覚ますこともないと母さんたちに告げた医者は、続けてこう言った。

『息子さんの心臓はまだ動いています。臓器提供という選択があり、命を別の人に繋《つな》ぐことができます』

その提案に両親は激しく動揺し、臓器提供に反対した。しかし、延命治療を長く続けることはできず、数週間以内に心停止するという残酷な宣告を受けた。苦渋の果てに、ふたりは臓器提供に同意した。

『……この子が、光が誰かの役に立てるのなら、どうかよろしくお願いします』

数時間後、俺の心臓は体から取り出され、余命宣告されていた心臓病の女の子へと移植された。

——それが、奈央だ。

未来を知った時、俺は自分が死ぬことよりも、見ず知らずの誰かに心臓をあげなければならないことに納得できなかった。

だから提供相手が同じ学校だとわかって、近づいた。

死ぬことも移植されることも変えられない運命なら、せめて心臓を渡す相手がどんな人間なのか知りたかったからだ。

——『100日間だけ、俺と友達になってくれ』

俺は奈央を見極めてやるつもりだった。最初はそれだけだったのに、あげたくないと思っていた心臓が何度も跳ねた。そのたびに、彼女のことが大切になった。

俺のことを過去に救ってくれた恩人だからじゃなくて、柴崎奈央という人間そのものに対して、心惹《こころひ》かれていった。

こんな気持ちになるはずじゃなかった。

『ちゃんと呼ぶ。寺島じゃなくて、光って』

本当に、こんな気持ちになる予定じゃなかったんだ。

日曜の昼下がり、ベッドに横たわりながら思考の海に沈んでいた。

スマホが短いバイブ音を立てて震えた。画面をスライドすると、メッセージの送り主は荒太だった。俺と同じく暇をしているというので、いつものファミレスに集合することにした。荒太のことだから他のやつも誘っているだろうと思っていたが、今日は珍しくふたりきりだった。

【おーい、なにしてる？】

「お前とサシで喋《しゃべ》ることねーわ」

「まあまあ、たまには男同士だけの親睦《しんぼく》会もやらないと！」

メニューは秋仕様に切り替わっていた。季節限定の新メニューが並んでいたが、俺たちは迷うことなく日替わりランチを注文した。

慣れた手つきでドリンクバーに向かいテーブルに戻ると、料理だけじゃなく飲み物まで荒太とかぶっていた。「仲良しかよ？」と突っ込まれ、「気持ち悪いこと言うなよ」と冷静に返す。このテンポ感が、俺にとっては居心地がいい。

「最近、奈央ちゃんとどうなん？」

「距離、置かれてる」

「あー、どんまい」

「もっと慰めろよ」

本当のことを伝えた夜、俺は奈央のことを家まで送ったけれど、その間に会話をすることはなかった。未来が視えるというだけで衝撃的なのに、俺の心臓が自分に移植されるなんて、簡単には受け止められないだろう。

俺も言わないつもりだった。でもあの日、花火大会の時、奈央の行動で未来が少しだけ変わった。

俺自身の未来は変えられなくても、彼女の未来が変わる可能性は大いにあるってことだ。

俺が事故に遭った後、どのタイミングでその知らせが奈央に届くかわからない。悲しみに暮れているであろう彼女の許《もと》に移植の話がきて、それを拒んだらどうなるだろう。奈央がその選択を取らないとも限らない。

俺はそれを絶対に阻止しなければならないと思った。だから、すべてを話した。俺の心臓だとわかったうえで、受け入れてほしいと。それがどんなに残酷であっても、奈央が生きられる未来以上に大事なことなんてない。

正直、死ぬのは怖い。だけど、俺にとってもっと怖いのは、奈央がいなくなってしまうことだから。

「でさ、合宿で仲良くなった女の子と来週デートなんだよ。ほら、そのためにスニーカー買っちゃった！」

日替わりランチを食べながら、荒太が意気揚々と白色のスニーカーを見せてきた。おろしたての靴に慣れるために、履いてきたらしい。

「踏んでやろうか？」

「なんでだよ！」

「新品の靴は誰かに踏んでもらうと怪我しないとか言うじゃん」

「靴が汚れたら、俺の心が怪我するわ」

――ビリビリッ……。その時、体に電気が走った。

脳内に流れてきた予知は、どしゃ降りの雨の中を走って帰る自分の姿だ。今日の天気は快晴で、スマホのホーム画面に表示されている天気予報も降水確率は30％になっている。でも視えてしまったからには、必ず雨が降るんだろう。

「なあ、今日は早めに解散しようぜ」

「なんか用事でもあんの？」

「ないけど、靴が汚れたら嫌だろ」

「なんの話だよ？」

「これから雨が降るかもって話だよ」

「はあ？　降るわけねーだろ。外見てみろよ」

俺も雨が降るような天気ではないと思う。でも天気予報が外れても、予知した未来は外れない。

「てらって、時々変なことを言うよな。占い師でも目指してんの？」

「それ、前に奈央にも言われた」

「まあ、本気で目指してんなら応援するけどな」

「俺も荒太のことはいつでも応援してるよ」

「あ、もしかして俺が人生設計をしっかりしてて、実は公務員になろうとしてることバレてた？」

「それは知らなかったわ」

雨が降るとわかっているのに会話が途切れなくて、結局それから二時間もふたりでああだこうだと喋り続けた。

「あーあ、ほらな」

会計をして店を出る頃には、晴れていたことが嘘のようにどしゃ降りの雨になっていた。雨粒が容赦なく叩《たた》きつけ、通行人たちはずぶ濡《ぬ》れになりながら走っている。

「俺の靴が終わった……」

「だから早く帰ろうって言ったじゃん。コンビニまで傘買いにいくか？」

「いや、コンビニまでけっこう距離あるし、どのみち濡れるのは一緒だから家まで走るよ」

「だな」

荒太の家は反対方向にあるから、俺たちはここで別れることになった。薄っぺらい生地のパーカーを気休めに被《かぶ》ったところで、なぜか荒太に引き止められた。

「てら。俺、お前がなにか大きなことを隠してたとしても友達、いや、ずっと親友だと思ってるからな！」

荒太はきっと、なにかに勘づいている。もしかしたら、俺の能力にも気づいているかもしれない。今までそれなりに友達は多くいたが、荒太以上に気が合うと思ったやつはいなかった。

「俺も親友はお前だけだよ」

自分の未来を知ってから、死ぬことがどういうことなのかをずっと考えてきた。この世界から消え去ることだとしても、それだけで終わらせたくない。いや、終わらせない方法が、必ずあると信じたい。

「じゃあな！」と元気よく帰っていく荒太を見送って、俺も走り出す。地面にたまった水たまりが飛沫《しぶき》を上げ、息を吸い込むたびに喉《のど》に冷たい雨が入ってきて咳《せ》き込んだ。頬を伝う冷たい感触。雨なのか涙なのか自分でもわからず、ひたすら家まで走り続けた。

＊

バサバサバサ！

脱衣場にあったタオルを頭に載せて部屋に入ると、キャベツが鳥かごの中で暴れていた。おそらく腹が減っているんだろう。

「わかった、わかったから」

キャベツを宥《なだ》めながら、洋服を脱ぎ捨てる。ポケットに入っていた防水のスマホは無事だったけれど、財布はかなり濡れていた。

カード類がダメにならないようにと机の上に広げると、免許証が目に入った。今までじっくり確認したことはなかったが、裏側にこんな記載があった。

以下の部分を使用して臓器提供に関する意思を表示することができます（記入は自由です）。

1．私は、脳死後及び心臓が停止した死後のいずれでも、移植のために臓器を提供します。

2．私は、心臓が停止した死後に限り、移植のために臓器を提供します。

3．私は、臓器を提供しません。

……こんなことが書かれていたなんて知らなかった。

免許証には、心臓、肺、肝臓、腎臓《じんぞう》と臓器の種類が細かく記されていて、提供したくないものがあれば×を付けるらしい。

どうせ焼かれて灰になるだけなら、全部提供するべきなのかもしれない。でも俺はそこまで心が広い人間ではないから、空っぽにされてしまう抵抗はあったりする。

俺はボールペンを手に取って1の箇所に丸を付けた後、自筆署名の欄に名前と、署名年月日も同時に記入した。

予知した未来では、臓器提供の受け入れは両親がやった。

未来は変えられなくても、ほんの少しだけ軌道修正できるのなら、俺は自分の意思で移植を決めたい。

バサバサバサバサ！

苛立《いらだ》ちを募らせるように、キャベツが激しく羽ばたいていた。「あーそうだった。悪い、悪い」と謝りながら小松菜を差し出す。腹ぺこのはずなのに、キャベツは一口も食べずにそっぽを向いた。

「やっぱりこれっすか」

大好物の豆苗を見せると、嬉《うれ》しそうに羽を広げた。今のところ餌を手渡しできるのは俺だけだけど、キャベツは賢いからきっと俺がいなくなれば要領よく母さんや親父から豆苗を貰《もら》うだろう。

「まあ、母さんたちが嫌でも奈央がいるしな」

彼女ならきっとまたキャベツに会いにきてくれると信じている。こうしている間にも運命の日は刻々と近づいているが、焦っても仕方ない。最後の日が訪れるまで、自分ができることをしていくだけだ。

「なあ、お前に覚えてほしい言葉があるんだけど」

「ピーピー！」

「お、鳴くなんて珍しい。俺が言ったこと覚えてくれんの？」

「…………」

「無視かい。豆苗と取引しようぜ」

「ピーッ!!」

「ズルくてもいいんだよ。今日はとことん練習な」

人間は誰しも生まれてきたことに意味はある、なんて言うけれど、意味があるものにしていくのはきっと自分自身なんだ。

7　きみと支え合い

──俺、奈央にならあげてもいいよ。

──全部、全部、あげる。奈央だったらあげられる。

あの時わからなかった言葉の重みが、今になって押し寄せてくる。

あげる、なんて簡単に言わないで。

好きな人の心臓を貰うくらいなら、死んだほうがましだ。


ピンポーン。約束の午後二時に家のインターホンが鳴った。玄関の扉を開けると、両手に鮮やかな黄緑色のエコバッグを抱えた乃亜ちゃんが立っていた。

「奈央、ごめんね。家の鍵《かぎ》持ってくるの忘れちゃった！」

今日は祝日なのでお互いに学校は休み。乃亜ちゃんが来ることは事前に連絡をもらっていたので、そろそろかなと思っていたところだ。

「ううん、平気だよ。その荷物は？」

「餃子《ギョーザ》パーティーするための材料だよ」

「え、餃子パーティー？」

「もちろん奈央も参加だからね！」

乃亜ちゃんからエコバッグを一つ預かり、リビングに向かった。バッグの中を覗《のぞ》くと、餃子作りに必要な材料がぎっしり詰まっているのに加え、たくさんのジュースや可愛いパッケージのお菓子まで入っていた。

「今日、陽子さんは仕事だよ」

「うん、知ってる。五時くらいには上がれるって言ってたから、うちらで準備しよう」

「じゃあ、私は野菜を切るよ」

「ありがとう。あ、餃子のカリカリチーズって知ってる？　バイト先のメニューにあるんだけど、それも作りたくてチーズも買ってきちゃった！」

乃亜ちゃんは最近、居酒屋のバイトを始めたらしい。……やっぱり乃亜ちゃんがいると、空気が明るくなる。

私は包丁を手に取り、キャベツを切り始めた。カリカリチーズだけでなく、変わり種の餃子をたくさん作ることになり、あれこれとお互いにアイデアを出し合った。

シソと梅干しの和風餃子や、ピリ辛のキムチ餃子。そして、ちょっとふざけたチョコバナナ餃子なんていう斬新なものも試してみることにした。

「そういえば、あのイケメンくんとはどんな感じ？」

乃亜ちゃんは餡《あん》を包み始めた直後、ふとそんな質問を投げかけてきた。イケメンくんとは、もちろん光のことだ。

「最近は……うまく話せてない」

「喧嘩《けんか》でもしちゃった？」

「……………」

ただの喧嘩だったら、どんなに楽だっただろうか。彼を避けるようになって一週間以上が経った。学校でもなるべく顔を合わせないように気をつけていたし、連絡が来ても一切返していない。

〝俺は、十月にバイク事故で死ぬんだ〟

逃げ続けていたって、きっとその日はやってくる。光に会いたい、話したい。でも、彼の意思は変わらない。

光が守りたいものと、私が守りたいものは、こんなにも真逆の場所にある。ただ一緒にいたいだけなのに、私たちの願いはひとつに重なることはない。

「……奈央、大丈夫？」

乃亜ちゃんの問いかけに、『大丈夫』と返事をすることができなかった。私は一秒でも長く光と同じ世界にいるために、遺言を取り消してほしいと乃亜ちゃんに伝えた。だけどそれが叶《かな》わないのなら……もう生きる意味もないのかもしれない。

「私ね、奈央とこうして一緒に料理をするのが夢だったんだ」

餃子作りを再開させた乃亜ちゃんが、嬉《うれ》しそうな顔で言った。

「料理だけじゃないよ。まだまだ奈央とやりたいことがたくさんある。だから、遺言を取り消してほしいって言ってくれた時は涙が出そうなくらいホッとした」

「……乃亜ちゃん」

「まあ、元々遺言を聞くつもりはなかったから、もしも奈央に移植の話がきたら真っ先に『お願いします』って頭を下げるつもりだからね」

その言葉を聞いて、きゅっと唇を噛《か》んだ。生きる意味がなくても、生きてほしいと願ってくれている人がいる。私だって、本当は生きたい。だけど、どんなに考えたって、どんなに悩んだって、光の心臓は受け取れない。彼の心臓だけは、受け取りたくないと心が拒否している。

「乃亜ちゃん、私……」

い。

「うん？」

「やっぱりなんでもない」

取り消してほしいと頼んだ遺言を、取り消してほしい。……なんて、言えるはずない。

太陽が西の空にゆっくりと傾き始め、窓の外がオレンジ色に染まる頃、玄関のドアが静かに開いた。パートから帰ってきた陽子さんの手には、可愛いリボンで結ばれた小さな箱が握られていた。

「お母さん、おかえり……って、ひょっとしてそれケーキ？」

甘いものに目がない乃亜ちゃんが、すぐさま食い付いた。今日は誰も誕生日ではないし、普段の忙しさの中で陽子さんがなにもない日にケーキを買ってくるなんて、かなり珍しいことだった。

「仕事場の近くに新しいケーキ屋さんができたから、帰りに寄ってきたのよ」

「やったあ！　どんなケーキがあるの？」

乃亜ちゃんが箱のリボンに触れたところで、陽子さんが軽く手を叩《たた》いた。

「これは食後のデザートなんだから、まだ開けたらダメよ。ちゃんと人数分あるから、冷蔵庫に仕舞ってちょうだい」

「はーい」

陽子さんに促された乃亜ちゃんは、大事にケーキの箱を抱えていた。人数分あるってことは、私のぶんもあるってことだよね？

ちゃんとお礼を言わなきゃいけないのに……。

――『陽子さんは……私がいなくなったほうが楽でしょ？』

あんなことを言ってしまった罪悪感が込み上げてきて、自分から陽子さんに話しかけることはできなかった。

「この餃子、すごく美味《おい》しいわ」

それから陽子さんは、乃亜ちゃんと一緒に作った餃子をたくさん食べてくれた。

「あ、それね、奈央が考えた椎茸《しいたけ》入りの餡だよ。こっちのアボカド生ハムもおすすめ！」

乃亜ちゃんが自信満々に説明しながら、手早くもう一皿の餃子を差し出した。久しぶりに囲む三人の食卓には温かな空気が漂っていたけれど、やっぱりここにお父さんがいてくれたら、と思ってしまう。

――『ねえ、陽子さんって、偽物のお母さんなの？』

そんなことをお父さんに尋ねたのは、四人家族になってすぐのこと。お父さんが再婚したということを、なぜか学校のほとんどの人が知っていた。

『柴崎さんに新しいお母さんができたんだって』『新しいお姉ちゃんもいるんでしょ？』『じゃあ、本物のお母さんは？』『うちのママが柴崎さんの本物のお母さんは、いないって言ってたよ』

家族が増えたことを隠していたわけじゃなかったので、クラスメイトに知られていることは自体は気にならなかった。

だけど、みんなが口を揃えて噂している『新しいお母さん、本物のお母さん』という言葉だけは、どうしても胸の中に違和感というか、モヤモヤしたものが残った。

陽子さんが〝新しいお母さん〟なら、私のことを産んでくれた母は〝古いお母さん〟ということになるのだろうか。

古いお母さんが本物だっていうなら、陽子さんは偽物なのかどうなのか。当時九歳だった私は、自分の中に渦巻く疑問をそのままお父さんにぶつけた。

『いいかい、奈央。よく聞いて』

私と同じ目線になるように腰を屈《かが》めたお父さんは、まっすぐ私のことを見ていた。

『奈央にはふたりのお母さんがいるけど、どっちが本物でどっちが偽物なんてことはないんだよ』

『でも、陽子さんと私の血は繋《つな》がってないんでしょ？』

『血が繋がってないと、奈央は嫌かい？』

『嫌ってわけじゃないけど、みんな家族は血が繋がってるのが普通だって。血の繋がってない人は他人だって言うから……』

『家族っていうのは、血の繋がりだけじゃないんだよ。本当に大切な繋がりっていうのは、もっと別の場所にあるんだ』

『それって、どこ？』

『いつか、奈央が自分でわかる時がくるよ』

お父さんは結局、その答えを教えてくれなかった。私はきっとまだ、答えを見つけられずにいる。だからこそ、今も血の繋がりに拘《こだわ》り続けているんだと思う。

――『血の繋がりがないのに一緒に住んでるなんて変だし、お父さんがいなくなって本当は、私のことが邪魔だったんじゃないんですか？』

陽子さんに頬を叩かれた日から、わだかまりを解消できないまま今日まで過ごしてきた。鉢合わせしないように時間をずらしたり、食事の時には体調不良を理由に席をはずしたりすることもあった。

私はいつもそうだ。自分に自信がないから、向き合う前に逃げることを考えてしまう。

「奈央、実はね、今日三人でご飯を食べようって提案してきたのはお母さんなんだよ」

「ちょ、ちょっと、乃亜！」

乃亜ちゃんの言葉に、陽子さんが慌てている。乃亜ちゃんはもう隠さなくていいでしょと言いながら、詳しく教えてくれた。

「餃子《ギョーザ》パーティーも私じゃなくてお母さんの発案だったの。本当は仕事も早上がりするって言ってたんだけど、急遽《きゅうきょ》都合が悪くなっちゃったんだよね？」

「ええ、早退した人がいたからそれで……」

「早上がりできてたら、奈央と餃子を作って仲直りしたかったんでしょ？」

「……もう、乃亜ったらお喋《しゃべ》りなんだから」

私と仲直りしたかった？　本当に？

「きっかけになればと思ったのよ。でもふたりきりじゃうまく話せないかもしれないから、乃亜を呼んだの」

陽子さんと家族になって八年。月日にすれば長く思えるけれど、私にとってはあっという間だった。まだ敬語は取れないし、いまだに陽子さんのことをお母さんと呼んだこともない。

そんな私のことをどう思っているのか考えるだけでも怖かった。怖かったから、迷惑だけはかけないようにしようと気をつけた。日常生活の中で、自分の存在ができるだけ目立たないように生きていこうと勝手に決めた。そうすれば、私はここにいられる気がしていた。

「……私のこと、怒ってないんですか？」

「怒っているわ。でも怒れる資格なんてない。あなたによそよそしい態度をしていたのは事実だから」

「…………」

「でもね、嫌いだからしていたわけじゃないの。私は生前、寛貴さんから『自分になにかあったら奈央のことをよろしく頼む』と託されていたのよ」

「え？」

「倒れる三日前だった。もしかしたら体の異変を感じていたのかもしれないし、それは確かめようがないけれど、寛貴さんは誰よりもあなたのことを心配していたわ」

……お父さんがそんなことをお願いしていたなんて、知らなかった。

「寛貴さんが亡くなった後、私が母親として奈央のことを守らなければいけないと思った。寛貴さんが望んでいた移植が叶《かな》うようにサポートをしていく覚悟もあった。だけど次第に私にできるんだろうかっていう不安に変わってしまった」

陽子さんの声が震えていた。長い間ひとりで悩み続けたその痕《あと》が、目元に刻まれたシワに表れているようだった。

「奈央のことを本当の娘だと思っているのに、接し方がわからなくなって距離を取ってしまった。ごめんなさい、奈央。本当にごめんなさいっ……」

陽子さんは瞳《ひとみ》に涙をたくさん溜《た》めて、何度も私に謝った。陽子さんが冷たくなったのは、私のことを恨んでいるからだと思っていた。でも、そうじゃなかった。陽子さんは誰よりも私のことを心配していたし、私のお母さんになろうとしてくれていた。

もっと早く、向き合えばよかった。

もっと早く、話し合えばよかった。

「……っ、私のほうこそ、色々とごめんなさい」

家族でいていいのか、ずっとずっと不安だった。

自分はここにいていいのか、ここにいることを許してもらえる方法を探していた。

だけど、そんなのどうでもよかった。

私が家族でいたい。

私がここにいたい。

その気持ちだけで、よかったのだ。

「……私、乃亜ちゃんのことをお姉ちゃんって呼びたい。陽子さんのことも……いつかお母さんって呼んでもいいですか？」

今まで言えなかった本音を口にすると、隣に座っていた乃亜ちゃんが私の手を握った。

「いいに決まってるじゃん！　お姉ちゃんってたくさん呼んでよ、奈央」

その光景を見た陽子さんは椅子から立ち上がり、私たちのことを包むように抱きしめた。

「奈央は私の娘よ。これからもずっと」

うんうん、と返事の代わりに何度も頷《うなず》く。

『いつか、奈央が自分でわかる時がくるよ』

頭の中で、お父さんの声がした。

血の繋がりなんて、関係ない。

本当に大切な繋がりは、自分の胸の奥。

これからは『心』で繋がっていけると思った。

＊

家族三人でデザートのケーキを食べた後、私は早々に出かけた。いつの間にか外は暗くなっていて、街灯の淡い光が周囲にぼんやりとした輪郭を映し出している。

夜道を歩く自分の足音とともに、時折生き物の鳴き声がした。この前まで聞こえていた蟬の声は鳴りを潜め、今は鈴虫が涼しげな音色で季節の変わり目を知らせている。

必ず仰向《あおむ》けで死ぬ蟬は、生まれた場所へと戻るように土に還《かえ》るのだという。死んだ蟬が、また蟬として生まれ変わるのかはわからない。だけど私は、輪廻《りんね》転生そのものをあまり信じていない。死んだら終わり。次なんてない。死んでしまったら……もう二度と会えない人になるだけだ。

「よう」

薄暗い路地の向こう。コンビニの出入口の前にいる光と目が合った。

「ごめん、急に呼び出して」

「いいよ、今日は徒歩だから近くの公園でも行く？」

「うん」

連絡を無視していたにも拘《かか》わらず、彼の態度は変わらずに優しかった。

私を置き去りにすることなく並んで公園に到着すると、そこに人の姿はなく青白い街路灯だけが暗い空間を照らしていた。日中は賑《にぎ》わっている遊具の近くにベンチがあったので、私たちは自然とそこに腰を下ろした。

緊張した空気が流れる中、私の耳元になにかが飛んできた。ブーンと飛び回っている音に驚いて、思わず「ひゃっ……！」と肩をすくめた。

「え、なに、どうした？」

「わかんないけど、多分虫！」

手で払い除《の》けようとしても、耳の側で鳴り響く不快な羽音は消えない。私は大抵の虫は平気だが、羽音を立てる虫だけは苦手だった。

「お、いるいる。奈央のおでこのとこ」

「と、取って、取って！」

「わかったから、じっとしてろ」

彼が正確に狙いを定め、私のおでこを軽く叩《たた》いた。「もう平気だよ」と見せてくれた光の手のひらには、私の血を吸ったであろう蚊がぺちゃんこに潰《つぶ》れていた。

「ふ、ははは
っ」

緊張が解けた代わりに、彼が突然笑い出す。蚊ごときで慌てていた私のことが面白かったに違いない。

「わ、笑わないでよ」

「悪い、悪い。バカにしてるわけじゃなくて、可愛いなって思っただけ」

「バカにしてるじゃん」

「奈央の新しい一面が見れて嬉《うれ》しいってことだよ」

蚊の襲来によって、私たちはいつもどおりの空気に戻った。

「色々と戸惑わせて、ごめんな」

光の謝罪に、私は大きく首を横に振った。予知能力のことも、この先に起こる未来のことも、彼は正直に打ち明けてくれた。

あの時は自分のことでいっぱいいっぱいで、光の気持ちに寄り添えなかったけれど、私が余命宣告を受けたのと同じように、光も命のタイムリミットに怯《おび》えていたはずだ。

私たちの願いは反発する磁石みたいに背中合わせだけど、決して交わることのない場所にいるわけではない。

強い磁力によって重なり合うことはできないかもしれないけれど、手を伸ばせば触れられる距離にいる。ううん、私が光の近くにいたいのだ。

「私ね、いっぱい考えたよ。でもどんなに考えても光の心臓を貰《もら》うことはできない」

大切な人を悲しませることになったとしても、好きな人の心臓を貰ってまで生きることを選べない。選んでしまったらきっときっと、今まで以上に私は、生きることに苦しくなってしまうと思う。

「俺もさ、奈央に心臓をあげる未来を視た時、絶対にあげるもんかって思ってた。そういう運命だったとしても、見ず知らずのやつになんであげなきゃいけないんだ、ふざけんなってムカついた」

光は言葉を選ぶことなく、本音を教えてくれた。

「普通に考えれば、焼かれて灰になるだけなら、誰かに使ってもらったほうがいいに決まってる。でも、移植って物を再利用するみたいな話じゃないから、自分では使えないってわかってても、俺は他の人に譲りたくないって今でもそう思うよ」

世界的に見ても日本は圧倒的に臓器移植への関心が低い。だから人口の九割の人が臓器提供の意思表示はしていないという統計結果も出ているくらいだ。

移植希望者は増える一方なのに、提供者がいない。それだけ他人に臓器を提供するということは大きな決断になる。光が言うように簡単な話じゃないからこそ、あげる側も貰う側も覚悟が必要なんだと思う。

「友達になろうと言ったのも、心臓をあげてもいいかどうか見極めるつもりだっただけ。だから、奈央のためなんかじゃない。自分のためだけに声をかけたんだ」

──『100日間だけ、俺と友達になってくれ』

あの言葉の裏側にどんな真意があったとしても、受け入れたのは私自身。私も自分のために光と友達になった。光の隣にいれば、失《な》くしたと思っていた心を感じられる気がしたから。

「奈央、触って」

彼がゆっくりと私を導く。光の左胸に添えられた自分の手のひらから、優しい鼓動が伝わってきた。

「俺は今まで良くも悪くも平坦《へいたん》で浮き沈みすることもなかった。でも奈央と一緒にいる時だけはいつも心臓がびっくりするほど速いんだよ。だからお前の中に入ったら、嬉しくてもっともっと元気に動くと思う」

視界が滲《にじ》んで、光の顔がよく見えない。彼が覚悟を決めていることはわかっている。だけど、私には覚悟なんてできない。彼の命を背負うなんて、考えたくない。

「やだ、絶対にやだ……っ」

子供みたいに何度も首を左右に振る私のことを、彼はそっと抱き寄せてくれた。体を通じて、さらに光の心臓の音が聞こえた。

「心に好きな人がいるって、すげえことなんだよ。なんでもできるし、どこまでだってやれそうな気がするくらい強くなれる。怖いものなんてねーよ、奈央がいれば」

「私は、怖い。光がいなくなっちゃうのが怖いっ……」

「ずっと一緒だよ。お前が美味《おい》しいものを食ったら俺も旨《うま》いって思うし、綺麗《きれい》なものを見たら、俺も綺麗だって思う。これからのほうが、ずっと傍にいられる」

そう言って、彼は優しく私の体を離した。

「大丈夫。俺たちはちゃんと繋《つな》がっていられる。だから、生きろ。生きてくれ、奈央」

次に泣いたのは、光のほう。

最初からこうなるために出逢《であ》ったとしたら、なんて残酷なんだろうと思う。

でもそれは、なんて奇跡みたいなことなんだろうとも思う。

光はいつだって私の光のような人だから、私もそうなりたい。

私もきみの希望になりたいって、強く強く思った。

8　きみと守り合い

——『名前、柴崎奈央だよな？』

今でも、ときどきあの衝撃を思い出す。

屋上の塔屋のふちに佇《たたず》んでいたきみが飛び降りてきた瞬間、まるで音もなく現れた稲光のようだと思った。

あの日、きみと出逢わなければ、私は今もひとりだった。

あの日、きみに出逢えたから、私はひとりじゃなくなった。

あの出逢いが、私の人生を180度変えてくれた。


やがて十月のひんやりとした風とともに、光が事故に遭うという運命の日がやってくる。阻止したい一心で、私は何度も運命の日を教えてほしいとお願いした。それでも彼の唇は固く閉じられ、聞き出すことはできなかった。その日を知ってしまえば、私が動かずにはいられないことをわかっているのだろう。

だけど、運命の日に片時も離れず光のそばにいることができれば、未来は変わるかもしれない。

バイク事故を避ける方法、たとえばバイクに乗らないようにするとか、運命の日を越えるために日付が変わるまで一緒にいるとか、回避できそうなことがあればなんでもする。

それによって心臓移植が叶《かな》わないものになっても、かまわない。私は残り少ない命でいい。だから光だけは、生きてほしい。

それが、私の譲れない願いだ。

【明日《あした》デートしない？】

光からそんなメッセージが届いたのは、第一金曜日の夜。暇なら映画を観に行こうという誘いだった。私は疑り深いから、もしかして運命の日なのではないかという可能性を考えずにいられなかった。

翌日。お祭りの時と同じように、駅前で待ち合わせることになった。逸《はや》る気持ちを抑えきれず、待ち合わせ時間の十時より十五分も早く駅に到着した。お祭りの時は光が私のことを待っていたけれど、今日は私が待ちたい。そう思っていたのに……。

「え、な、なんでもういるの⁉」

思わず拍子抜けした声を出す。待ち合わせ場所には、すでに光が立っていた。なんと彼はさらに早い二十分前にはここに到着していたらしい。

「だったら待ち合わせを九時半にすればよかったのに」

「いいんだよ、俺の都合で勝手に早く来ただけなんだから」

「その前になにか用事でもあったの？」

「いや、ただ単に奈央とのデートが楽しみすぎて眠れなかっただけ」

彼は冗談なのか本気なのかわからないような表情でニヤリと笑った。……私も実は眠れなかった、なんて可愛く言うことはできなかった。

「なんで急にデートしようなんて言ったの……？」

「俺がしたいことを奈央に叶えてほしかったから」

「本当に？　今日が運命の日だからってわけじゃない？」

十月に入ってから、毎日毎日落ち着かない。『今日かもしれない』『明日かもしれない』と、光がいなくなってしまう恐怖に怯《おび》えている。

「もしかして、運命の日だから俺が遊びに誘ったと思ってた？」

「うん……」

「じゃあ、来てくれたのも運命の日だと思ったから？」

「そ、それは違うよ。別の日でも誘われたら普通に行くよ。私だって……光と映画を観たいもん」

「だろ。そもそも奈央とデートした日に死んだら、もっとしたいことが増えて死んでも死にきれねーよ」

光はそう言って、私のおでこにデコピンをした。今は疑うよりも、彼の言葉を信じたい。

映画館に行くために、私たちはそのまま電車に乗った。乗り換えなしで五駅先の映画館へと向かう電車は、週末ということもあり混んでいる。狭い車内にぎゅっと詰め込まれた人たちの体温が空気をむっとさせていた。

車内にアナウンスが流れ、電車は軽やかな振動を伴いながら走り出す。ちょうど一席空いているのが見えて光に座るよう促されたが、なるべく近くにいたい気持ちがあったので立っていることを選んだ。電車の揺れに合わせて、身体も揺れる。そのたびに彼の肩が私に触れ、勝手に温《ぬく》もりを感じ取っていた。

「大丈夫？　息苦しさとかない？」

「ありがとう、平気だよ」

「なんか奈央が電車に乗ってるイメージって、あんまりなかったかも」

「うん、発作とか起きたら困るからあんまり乗らないようにしてる。光も電車のイメージないよ」

「基本的に移動手段はバイクだから」

その言葉に、胸がドキリと音を立てた。せっかくのデートなのだから、暗い話はしたくない。だけど、私は訴えるように彼の服の袖《そで》を掴《つか》んだ。

「もうバイクには乗らないで……」

光が大切にしているように、バイクは私にとっても大切な思い出が詰まったものだ。でも、バイクが彼の運命を左右するトリガーだとしたら、たとえ心苦しくてもこうお願いするしかなかった。

「大丈夫、乗らないよ」

私の不安を吹き飛ばすように、光は優しく頭に手を置いてくれた。

映画館に着いて、私たちは上映中の映画を調べた。光から誘ってきたのだからてっきり観たいものがあると思っていたけれど、とくにお目当ての映画はないらしい。

アニメ、ファンタジー、ホラー、ミステリーなど興味を惹《ひ》かれるタイトルがずらりと並んでいたが、どれも見事に満席。チケット売り場で悩んでいる時間がもったいない気がして、「じゃあ、もうこれにしよう!」とポスターだけで決めたのは、カーチェイスが繰り広げられるアクションものだった。

期待に胸を膨らませて座席に座ったけれど、『ワイルド・スピード』のような大作ではなく、俳優の名前もわからないようなB級映画。けたたましいエンジン音とともに、車がジャンプしたり、クラッシュしたり、息を呑《の》むような展開が続くと思いきや、突如として火星人が現れ、車をトランスフォームさせてしまうというトンデモ展開に。

上映が終わって、他のシアタールームからもお客さんが出てきた。余韻に浸っている人たちとは対照的に、私たちの感想はひとつだった。

「「ずっと意味がわからなかった……」」

同じタイミングで、光と声を揃えてしまった。お互いに顔を見合わせて、思わず噴き出す。

「え、やっぱりそうだよねっ⁉」

「ぷっ、ははは、おもろ! すげえ真剣に観てたのになんにも理解できなかったとか腹いてー!」

ツボに入ってしまったようで、光はお腹を抱えてゲラゲラと笑い転げていた。笑っている場合じゃないのに、笑える状況にいるはずがないのに、やっぱりどうにもこうにも可笑《おか》しくて仕方ない。つまらなかったものを一緒に面白がっている時間が、たまらなく愛《いと》しく思えた。

その後、ファーストフード店でハンバーガーを食べて、真向かいにあったゲームセンターにも行った。

光が私のために取ってくれたのは、キャベツに似ているインコのぬいぐるみ。色は緑色じゃなくて黄色だから名前は『とうきび』と彼が名付けた。光のお母さんの実家がある場所では、とうもろこしのことをそう呼ぶそうだ。

もっと、話したい。もっと、知りたい。もっと、一緒にいたい。願いが増えれば増えるほど、時間はあっという間に過ぎていく。

「今日、付き合ってくれてありがとう。すげえ楽しかった」

日が暮れる前の夕方、光は私の家まで送ってくれた。「うん、私も」という言葉に反して、とうきびを抱えている両手に力が入る。今日は必ず、運命の日を聞き出すつもりでいた。でも今日が楽しかったからこそ、彼が絶対に教えてくれないことは、口に出さなくてもわかっている。

「じゃあな」

優しい笑みを浮かべて、光はゆっくりと去っていく。私は彼の背中が遠ざかるのを目に焼き付ける。姿が消えると、堰《せき》を切ったように涙が溢《あふ》れ出した。

家の中に入り、とうきびをぎゅっとしたところで息苦しさに襲われた。胸の締め付けが強まり、私はドアを背にしてうずくまる。

「ハア……ハア……っ」

な、なにこれ。いつもとは違う圧迫感に、呼吸が浅くなる。

「……ハア、ハア、ハア……」

家にいた陽子さんが異変に気づいて駆け寄ってきた。慌ててどこかに電話している。

「奈央？　奈央っ！」

もしかして病院だろうか。

息を吸うだけで痛む体に耐えながら、心の中でただ一つの願いを抱えていた。

なにかの奇跡が起きて、私の病気が治れば移植は必要なくなる。

そうしたら運命は変わるかもしれないのに、なんでなんで、私の心臓はこんなに弱いんだろう……？

＊

白いシーツにくるまれたベッドの上で目を覚ました。まだ頭がぼんやりしていて思考が働かない。

「奈央、大丈夫!?」

顔を横に向けると、そこには涙を浮かべた乃亜ちゃんがいた。私はゆっくりと辺りを見回す。白い壁と無数の医療機器が並ぶ部屋。おそらくここは病院だ。

「……私、どうなったの?」

「三日前に発作を起こして救急車で運ばれたの。ずっと昏睡《こんすい》状態で、奈央がこのまま死んじゃったらどうしようって、私っ……」

言葉に詰まりながら、乃亜ちゃんが口元を押さえた。記憶が飛んでしまっているけれど、私は相当危険な状態だったらしい。

「お母さんは今、ちょうど先生に呼ばれて話しに行ってる。そろそろ戻ってくると思うんだけど、先に奈央が目覚めたことを看護師さんに――」

乃亜ちゃんが話し続けている中、私はひとつひとつの出来事を思い返していた。

たしか家の玄関で苦しくなって、それを陽子さんが見つけてくれて……ってあれ。さっき、乃亜ちゃんの言葉に違和感があったような……。

「今、三日前って言った……？」

「そうだよ。一時は自発呼吸もできなくて、本当に命が危なかったんだから」

「ひ、光は？」

「え？」

「光はまだ無事!?」

……ガシャンッ！

慌ててベッドから起き上がろうとした瞬間、右腕に繋《つな》がれていた点滴が大きな音を立てて倒れた。

「な、奈央、まだ安静にしてなきゃダメだよ」

「私、まだ移植されてないよね？」

「なに言って……」

「光は今どこに……うっ」

「奈央、落ち着いて」

乃亜ちゃんに支えられてベッドに戻った私は、また痛み始めた左胸に手を当てた。

大丈夫、これは私の心臓だ。移植されてない限り、光はまだ生きている。

それから私は今後の説明を受けるために、陽子さんと一緒に診察室に向かった。呼吸が少しの間停止してしまった時間もあったらしいが、脳の障害の心配はないという。

ただ心臓の筋力が弱く、血液を十分に送り出せていないことから見ても、次に大きな発作が起きたら助からないだろうと告げられた。

「我々も奈央さんのドナーが見つかり次第、すぐ対応できるように準備していますので」

力強い言葉とは反対に、私は矢継ぎ早に尋ねた。

「あの、体の中に植え込む人工心臓という方法はできないんですか？」

自分なりに色々と調べた結果、補助人工心臓――つまり弱った心臓の代わりに血液を全身に送り出す機械があることを知った。

「たしかに人工心臓の適応には、奈央さんも該当します」

「じゃあ……」

「ただ人工心臓にも合併症などのリスクがありますし、奈央さんの今の状態から判断しても適切な治療法ではないと思います」

私が助かるためには心臓移植しかないと、先生は繰り返したけれど、やっぱり頷《うなず》くことはできなかった。

「……奈央、移植を受けたくないの？」

診察室を出て病室へと戻る廊下で、陽子さんからそんなことを聞かれた。移植を受けたい気持ちはある。でも私は……。

「ゆっくりでいいから話して」

陽子さんから促されて、私はひとりで抱えていたことを打ち明けた。

光という男の子がいて、彼には不思議な力があること。光に恋をしていて、ずっと一緒にいたいと願っていること。もし移植を受ければ、光から心臓を貰《もら》うことになるかもしれないこと。信じてもらえなくても、誰かに話さないと苦しくて胸が張り裂けそうだった。

「私、どうしたらいいんだろう。光の心臓を貰う資格なんてない。光に会いたい。光とずっと一緒にいたいだけなのにっ……」

子供みたいに泣く私のことを、陽子さんはずっと抱きしめてくれた。

＊　＊　＊

初めて未来を視た日のことは、今でもはっきり覚えている。

あれはたしか、自分のことを助けてくれた子を見捨てた三日後の朝だった。

家のキッチンから火が出て、裸足《はだし》で逃げている自分。そんな不吉な夢を見た。

ただの夢だろうと思っていたが、すぐさま親父が慌てた様子で部屋に入ってきて、俺はわけもわからず裸足のまま家を出た。

庭には母さんが呆然《ぼうぜん》と立ち尽くしていて、どうやら朝食の準備中、キッチンペーパーがガスコンロに倒れて引火したらしい。幸いにも火はあまり燃え広がらずにボヤだけで済んだ。

最初はただの偶然だと思ったけれど、次もまた次も、偶然とは思えない予兆を感じ取った。

そして、ある瞬間、稲妻が脳内を貫いたような感覚とともに、鮮明な未来の映像が浮かんだ。その時、ようやく自分に予知能力が芽生えたのだと悟った。

『寺島、顔貸せよ』

中学に上がっても、能力は消えなかった。未来が視えてしまうことが当たり前になってきた頃、俺は態度が生意気という理由で上級生に目を付けられていた。

喧嘩《けんか》を売られる日には、大体喧嘩に勝つという予知が働いた。何人相手でも、結果的に勝ってしまうことがわかっている未来は、正直面白くなかった。

楽しさを求めるように夜遊びを覚えて、年上の人にバイクも触らせてもらった。自分の居場所はここにあるような気がして毎晩遊び呆《ほう》けていたら、親父に殴られた。殴り返さない代わりに壁を殴ったら、大きく陥没して穴が開いた。

そんな日々が続くうちに、自然と悪評が付きまとうようになった。街を歩けば、モーゼの『十戒』のごとく人が道を空けてくれる。正直、優越感もあったが、やっぱり退屈だと思う気持ちからは抜け出すことができず、そういう時には決まって小学三年生の時の事故を思い出していた。

女の子が命を懸けて守ってくれた価値が、今の自分に果たしてあるのか。

毎日堕落した生活を送る俺が、生かされている意味はなんなのか。

答えのない問いを自問自答していたある日の夜。初めて予知した時と同じように自分の未来を夢で見た。

——バイクの単独事故を起こした自分の心臓が、移植待ちだった柴崎奈央という名の女の子に提供される。

そんな未来を知った時、あの日生かされた意味はここにあったのではないかと思った。役立たずだった自分が、やっと誰かの役に立てる。……なんて、聖人君子になれなかった俺は、柴崎奈央がどんなやつなのかこの目で見たくなった。

どこに住んでいて、どういう生活を送っているのかは知らないが、もしも気に入らないやつだったら、なにがなんでも心臓は渡さない。抗《あらが》えない未来だったとしても、抗ってやる。

そう決意した俺は、どうやって柴崎奈央を見つけるか模索していた。すると、騒がしい廊下の向こうに、一際静かに佇《たたず》む女子生徒が目に入った。

まるで周囲の喧騒《けんそう》から隔離されているかのように、彼女はノートを抱えて窓の外の雲をぼんやりと眺めている。

……ビリビリ。能力とは別の電気が走ったような感覚がした。これは予知ではなく予感。すぐさま隣にいた荒太に詰め寄った。

『なあ、あいつの名前ってわかる？』

『あいつ？　ああ、一組の奈央ちゃん？』

『なお？』

『うん、柴崎奈央ちゃん』

その瞬間、心臓が激しく震えた。まるで会うことが運命だったかのように、柴崎奈央はこんなにも俺の近くにいた──。

「なあ、ちょっといい？」

笑い声に包まれている学校の休み時間。俺は人混みの中からひとりの女子に声をかけた。彼女はトイレに行った帰りなのか、濡《ぬ》れた手をハンカチで一生懸命拭《ふ》きながら固まっている。

「え、わ、私ですか？」

すぐさま上擦った声が返ってきた。奈央を通じて相田の話題になることはあっても、こうして直接絡んだのは初めてと言っていい。

「うん、ちょっとだけ」

戸惑う彼女を無視して、俺は強引に人気のない階段裏へと連れて行った。

「あの……柴崎さんはまだ風邪が長引いていて学校を休んでますけど」

目の前の相田は、どうして私なのだろうかという表情を浮かべている。

病院に入院している。遊びに出かけた翌日から連絡が取れずに心配していたが、奈央は今、先日本人から電話があった。

『大事を取ってしばらく入院する』とだけ伝えられ、詳しいことは教えてくれなかったが、彼女の心臓が限界を迎えていることは明らかだ。

「今日は相田に用っていうか、頼みたいことがあって」

「頼みたいこと、ですか？」

俺は今日まで試行錯誤しながら『あること』を成し遂げようとしてきた。けれど、想像以上に苦戦していることもあり、相田に協力を求めにきたというわけだ。

「それって柴崎さんに関係することですよね？」

「もちろん」

「それならやります。柴崎さんは私のヒーローなので！」

詳しく聞くと、奈央に救ってもらったことがあるらしい。奈央は昔からあったかい心を持っている。だからこそ、俺のことも助けてくれた。彼女が守ってくれた命だからこそ、今度は自分が命を懸けて守りたい。

「相田に頼みたいことは――」

事情を説明すると、相田は快く引き受けてくれた。奈央は前に友達はいたことがないと言っていたけれど、相田とはいい関係に見える。

「これからも奈央のことをよろしくな」

俺がいなくなった後も、前を向いてほしい。奈央のことはきっと、俺と同じように彼女のことを大切に想ってくれている人たちが、支えてくれるはずだから。

9　きみと想い合い

蟬が仰向《あおむ》けで死ぬ理由を調べたことがある。

死期が近い昆虫は、脚が硬直すると関節が曲がるため、体を支えることができずにひっくり返ってしまうそうだ。

仰向けになった蟬は、自力で元の体勢に戻ることはできない。

つまり仰向けになってしまえば、そのまま死を待つしかないのだ。

だけど、蟬はそんな状況でも最後の力を振り絞って鳴いたりする。

ひと夏しか生きられない蟬が、どんなことを考えて、なにを思って鳴くのかはわからない。

けれど、もしも、誰かになにかを伝えようとしているとしたら？

ただ、土の上で死を待っているだけじゃない。

もう立ち上がれなくても、元の場所に戻れなくても、最後まで生きることを諦《あきら》めずに伝えたいなにかがあってほしいと思う。

私が、伝えたい気持ちってなんだろう。

届けたい想いってなんだろう。

大切な人なんて、いなかった。

頭に思い浮かべる人も、いなかった。

でも、今は違う。

こんなにも、こんなにも、大切でたまらない人がいる。


柔らかな日差しが、病室の空気をほんのり和らげていた。カーテン越しに差し込む太陽の明かりが淡い影を床に作り、大きな窓から見える空には、わずかな雲がゆっくり流れている。

入院生活が始まって一週間。予後不良のため学校に行くことができず、また面会許可も下りない日々が続いていて、孤独と焦燥感が交錯していた。絶え間なくピーピーと鳴り続けるモニターの音が、無機質な日々にさらなる拍車をかけている。

コンコンッ。その時、病室の扉がノックされた。看護師さんが問診に来たのだと油断していたら……。

「お、けっこう元気そうじゃん」

その声が聞こえた瞬間、心臓が大きく鼓動した。目を見開いた先にいたのは、なんと光だった。彼とは毎日メッセージのやり取りをしているし、今日の朝もとくに変わりない会話を交わしたけれど、その時はなにも言ってなかった。

「な、なんでここに……」

「奈央のお母さんから連絡もらってさ、面会できるようになんとか頼んでくれたらしい」

「陽子さんが？」

陽子さんに光のことを打ち明けた後、私になにかあった時のためにと連絡先だけ共有していた。私が彼に会いたがっていた気持ちを汲《く》んで、先生に掛け合ってくれたのかもしれない。

「近くにいっていい？」

「あ、うん。ここに座って！」

私はベッドの横にある椅子を指差した。光がそれに腰掛けると、テレビボードの上に置かれているものに視線を向けた。それはゲームセンターで取ってもらったぬいぐるみだ。

「とうきびも連れてきたんだ」

「うん、着替えと一緒に陽子さんに持ってきてもらったんだ。キャベツは元気？」

「ちょー元気。今日も飯あげる時に指を突っつかれたよ」と、光は笑いながら指先を見せてきた。

「ほら、赤くなってるだろ？」

「え、どこ？」

その指を見ようと無意識に顔を近づけた瞬間、お互いの顔が至近距離になり、とっさに息を呑《の》んだ。彼の瞳《ひとみ》はまるでビー玉のように澄んでいて、目が合っただけで吸い込まれそうになる。

「ご、ごめん」

急いで体を引こうとしたら、光はふと微笑みを浮かべ、そのまま私の肩を優しく引き寄せた。

彼の腕にすっぽりと収まっている自分の体。光の体温がじんわりと伝わってきて、今まで感じていた孤独が一瞬のうちに消え去っていくようだった。

「すげえ痩《や》せてんじゃん。キャベツみたいにいっぱい食べろよ」

私は、光の胸に顔を埋《うず》めた。安心感と同時に切なさが込み上げてきて、力いっぱい彼の背中に手を回した。

「ねえ、光。私はやっぱり運命は変えることができるんじゃないかと思ってるよ。だからふたりで生きられる未来を一緒に探したい」

どんなに考えても最後に行き着くのは、やっぱり光のことだけは失いたくないという強い気持ちだ。彼は一呼吸置いた後、静かに口を開いた。

「俺もその運命ってやつをずっと考えてた。多分俺は八年前に死ぬ運命だったと思うんだ」

「……どういうこと？」

「俺は奈央に生かされた。本当はこうして十七歳で会うはずじゃなかったのに出逢《であ》えた」

「い、言ってる意味がよくわからないよ……」

「今はわからなくていい。でもこれだけははっきり言える。俺は奈央のことを助けるために、今日まで生きてきた。奈央に会えて本当によかった」

その言葉には、今まで抱えてきた思いが込められているようだった。

私が悩んで悩んで悩み続けていたみたいに、光も長い時間考え続けてきたのだろう。

そして、彼もまた揺るぎない答えに、たどり着いている。

「そんな……別れの挨拶《あいさつ》みたいなことを言わないでよ」

「だって言っとけばよかったって後悔したくねーじゃん。俺は奈央に会えていっぱい色んなものを貰《もら》った。だから、この心も全部奈央にあげる」

「……っ」

涙を堪《こら》えようとする私とは対照的に、光の瞳には確固たる決意が宿っていた。彼の目の中には深い愛情が反射していて、それが自分の胸に痛みとして突き刺さる。

私のほうこそ、光に抱えきれないほど大切なものを貰っている。それをひとつひとつ返すことなんて、きっと私にはできないだろう。だから、せめてこの瞬間だけは、光の決意を受け止めたいと思った。

その後、彼は学校のことや友達のこと、キャベツのことなどをいつものように賑《にぎ》やかに話し始めた。悲しいのに楽しい。切ないのに嬉《うれ》しい。私にとって光という存在がどれだけかけがえのないものであるかを、ひしひしと感じている。彼はやっぱり私の世界を鮮やかに彩ってくれる光だと思った。

夕暮れ時、光は予定があるといって立ち上がった。私はロビーまで見送ろうとしたが、「ここでいいから」と止められた。

「家に着いたら連絡してね」

私の言葉に、彼は微笑みながら頷《うなず》く。そして振り返ることなく病室を出ていった。

次はいつ会えるだろう。窓の外に目をやると、前に光と一緒に眺めたあの日の朱色の空が再び広がっていた。

〝心は命と結び付いてる。だから涙が出るのは、柴崎が生きてる証拠でもあるんだよ〟

きっとあの瞬間から、光は私の特別な人になっていた。

ドクンッ……。その時、また激しい胸の痛みに襲われた。次に大きな発作が起きたら助からないと、先生から言われたことが脳裏を過《よぎ》る。

「ハア……ハア……」

呼吸が苦しくなり、必死に手を伸ばしてナースコールを押そうとした時、ふと光の顔が頭に浮かんだ。

――『俺が奈央に友達になってほしいと言ったのは、自分の100日後の未来を知ったからだよ』

彼と出逢って、今日は何日目？

まさか、まさかと、私はナースコールではなく、スマホに触れた。耳元で鳴っている呼び出し音が永遠のように長く感じる。早く、早く、早く……。

『もしもし』

「ハア……ひ、光。まさか今日が運命の日じゃないよね⁉」

『…………』

「ハア、ハア……ねえ、違うよね？　違うって言ってよ」

『ごめん』

電話越しに聞こえた返事に、血の気が引いた。

「なんで、なんで言ってくれなかったのっ」

『奈央は運命を変えたいって言ってくれたけど、俺は〝心臓移植をして生きる〟っていう奈央の未来だけは変えたくないんだよ』

「そんなっ……ハア、ハア……今すぐ戻ってきて。私はまだ光になにも伝えられてないよ」

息苦しさが増して、意識が朦朧《もうろう》としてきた。電話の向こう側から、車の行き交う音が聞こえている。

光が来ないなら、私が行くから。なにがなんでも助けるから、そこを動かないで。遠い人にならないで。勝手にいなくならないで。ずっとずっと私の隣にいて。伝えたいのに、息が続かなくて声が出ない。

『奈央、ありがとう』

「……光っ」


――キキキィ！　ドンッ!!

スマホから、けたたましいブレーキ音が聞こえた。


光は病院からの帰り道、トラックに撥《は》ねられた。

彼はそのまま頭を強く打っていて脳死状態だった。

他の人には譲りたくないと言っていた光だったが、財布に入っていた運転免許証の裏には、提供を拒否する臓器へのマークは一つも記されていなかったという。

彼の肺や腎臓《じんぞう》は他の移植希望者の許《もと》へと届けられ、心臓は――私に移植された。

エピローグ

九か月後、きみと出逢った夏がまた巡ってきた。数か月のリハビリを経て、私は高校三年生として学校にも復帰した。今では勉強の遅れを取り戻すために、相田さんの力を借りながら忙しい日々を送っている。

ピーンポーン。木漏れ日が揺れる住宅街を歩き、ある家のインターホンを押した。額に滲《にじ》んだ汗をハンカチで軽く拭《ぬぐ》い、少し緊張しながら待っていると、静かにドアが開いた。

「奈央ちゃん、いらっしゃい」

出迎えてくれたのは、光のお母さんだった。夏の日差しを浴びて穏やかに微笑むその顔には、深い優しさとともに、どこか力強さも感じられた。

本来、臓器移植を受けた人と提供者の家族は直接交流することはできない。しかし、私と光が同じ学校に通い、数多くの思い出を共有していたことから特例で情報交換が許可された。彼のお母さんは私の中に、光の心臓が鼓動していることを知っている。

「お久しぶりです、お邪魔します。あ、これ手土産のゼリーです」

「もう、手ぶらでいいのに」

「冷やすと美味《おい》しいらしいので、お父さんと一緒に食べてください」

「ふふ、ありがとね。体の調子はどう？」

お母さんは、私を見つめながら問いかけた。その瞳《ひとみ》には光の面影が映るようで、胸が少しだけ痛んだ。

「この前の定期検診で完全復帰だと言われました。軽い運動ならもうしても大丈夫らしいです」

私の声は少し硬くなってしまったかもしれない。それでもなんとか答えると、彼のお母さんは「本当？　よかったわ」と、安堵《あんど》してくれた。

光がいなくなって悲しいはずだし、私に対して複雑な気持ちを持っていてもおかしくないのに、彼のお母さんは変わらずに優しく接してくれる。

あの電話の後、私は意識を失った。次に目を覚ますとすでに手術は終わっていて、光がいない代わりに心臓だけが元気に動いていた。病室の窓から入る陽光が瞼《まぶた》を温かく撫《な》でるたびに、現実が少しずつ心に浸透していった。

正直、受け入れることができなかったし、生きていることへの罪悪感にも苦しんだ。それでも時間とともに、少しずつこうして心の整理ができるようになった。それは陽子さんや乃亜ちゃんだけじゃなく、光の家族の支えがあったからだ。

「あれ、この穴ってもしかして……」

私は壁に開いている拳《こぶし》ほどの穴に目を向けた。まるで時の経過を拒むかのように、今も鮮明に刻まれている。

「あ、ひょっとして光から聞いてる？　この穴を開けた時のあの子は本当に手がつけられなくてね」

彼のお母さんは、その頃のことを懐かしむような顔で教えてくれた。

「でもね、これからも直してあげないの。親バカかもしれないけど、やんちゃだった息子もやっぱり可愛くて」

その目には、愛《いと》しさがあった。彼のお母さんがどれだけ光を愛していたかわかるほどに。

「光が残した痕が残ってるほうが私も嬉しいです」

「ふふっ、あ！　痕と言えば、小学三年生の時にあの子はトラックに轢《ひ》かれそうになったことがあって、それを女の子に助けてもらったっていう話を八年越しで聞かされてね」

「え？」

彼のお母さんによると、女の子の額には自分を助けた時にできた傷痕があるらしい。

私はそっと、あの日にできた傷を指でなぞった。

「そんなことがあったなんて私はちっとも知らなかったんだけど、光は怖くなってその場から逃げたらしいの。それで庇《かば》ってくれた子はどうなったのって聞いたら、元気にしてるって言ってたわ」

──『俺は奈央に生かされた。本当はこうして十七歳で会うはずじゃなかったのに出逢《であ》えた』

その言葉を思い出すと、ぞわっと鳥肌が立つような感覚が走った。あの時の男の子が光だったなんて……。

八年前に助かった彼は、無情にも八年後にトラック事故に遭う形となった。バイク事故を起こすはずだった光が私と出逢ったことで、トラックに撥《は》ねられるという未来に変わった。運命というのは、廻《めぐ》るもの。もしかしたら、少しだけ変わった未来も、最初から決まっていたことなのかもしれない。

「光の部屋に入ってもいいですか？」

「もちろん。あとで飲み物を持っていくね」

「ありがとうございます」

私は小さく頭を下げて、彼の部屋のドアを開けた。足を踏み入れると、まだ光の匂いが濃く残っている。彼の部屋は、時間が止まったかのようになにも変わっていない。乱雑に積まれた漫画や、投げ出したままのカバン。テーブルに置かれた未完成の課題に、脱ぎっぱなしになっている洋服。今でも光がここで生活をしているかのように、なにもかもがそのままだった。

バサバサバサッ！

羽の音が聞こえたと思えば、鳥かごの中でキャベツが動き回っていた。キャベツは小さな頭をかしげて、愛らしい瞳でこちらを見つめている。会うのは久しぶりなのに、私のことを覚えていてくれたようだ。

「今日はキャベツにお土産があるよ。ほら」

「ピーピー！」

小さな袋から新鮮な豆苗を取り出すと、キャベツは嬉しそうに鳴いてくれた。

今でも正直、光の心臓を貰《もら》ってもよかったのか自分自身に問い掛ける瞬間が何度もある。

だけど、彼は私の未来を変えたくないと言ってくれた。

死んでしまったら永遠に会えない人になると思っていたけれど、違う。光は私の中にいる。彼の心臓が息づいている限り、これからもいつまでも。

……ふわっ。窓からそよ風が吹き込み、テーブルに置かれていた紙が軽やかに舞い上がった。慌てて拾い上げると、それはスケッチブックから切り離された紙だった。

「え、これって……」

そこにはなぜか、私の顔が鉛筆で描かれていた。

「それね、学校の同級生の子に頼んで描いてもらったんですって」

その時、光のお母さんが飲み物を運んできてくれた。これは間違いなく、相田さんの絵のタッチだ。私が描いてもらったものは自宅に保管しているから、それとは別に光が相田さんに描いてもらってたってこと？

「いつもその絵をキャベツに見せて、言葉の練習をさせてたみたい」

「なんで私の絵を……」

「さあ。こっそり覗《のぞ》き見しようとしてもすぐにドアを閉められちゃったから、そこまではわからないけど」

私はその言葉に胸がいっぱいになった。光はなにをしようとしていたんだろう。聞きたいのに、それを確かめる術《すべ》はもうない。

「あの子、奈央ちゃんに会って本当に変わった。やりたいことが見つかったって感じで、毎日すごく楽しそうだった。だから奈央ちゃんもたくさん笑って過ごしてね」

そう言って、彼のお母さんは静かに部屋から出ていった。

本当に本当に、感謝してもしきれない。私はなにができるだろう。どうやってこの想いを返していけるだろうか。深く息をつきながら思案していると……。

「奈央」

「……え？」

誰もいないはずなのに、突然名前を呼ばれた。

「奈央、なーお、奈央」

名前を呼んでいたのは、キャベツだった。

驚きとともに、胸に温かいものがこみ上げてくる。ひょっとして、光が覚えさせたのだろうか。私の絵を見せながら、根気強く練習している姿がまぶたの裏に浮かんだ。

「奈央、幸せになれ」

「100日後も、幸せでいろ！」

「……っ」

もう一度、自分に問う。

私はなにができるだろう。

どうやってこの想いを返していけるだろうか。

きっと、光はなにも望んでいない。

望まない代わりに、私の幸せだけを強く願い続けてくれた。

私はその願いを、叶《かな》えたい。

100日後も光の心臓が動き続ける限り、笑って生きるから。

ひとりじゃなくてふたりの命を愛しく感じながら、誰よりも幸せになるって約束するよ。

「奈央、なーお、奈央」

夏の風が、頬を撫《な》でていく。優しくて、暖かくて、まるで光みたいな風。

窓の外では、蟬が絶え間なく鳴いていた。今日もどこかで、最後まで諦《あきら》めずに生きている命がある。そのけたたましい声が『後悔しないように、死ぬまで生きろ』と言ってくれているみたいだった。

光は、声も、心も、願いも、全部私に残してくれた。それを今度は、私が繫《つな》いでいく番だ。

「奈央、好きだ」

きみがくれた人生を、私たちの人生を。

「私もずっと、光が大好きだよ」

大切に生きて、生きて、生きていこう。

［番外編1］　夢の始まり

よく、名前負けしていると言われる。

笑う心と書いて、笑心《えみ》——相田笑心。

そんな私の性格は昔から内気で、人前で話すことが得意ではない。

唯一の楽しみは漫画を読むこと。ページをめくるたびに、紙の匂いが鼻孔をくすぐり、インクの黒が鮮やかに目に飛び込んでくる。

漫画の中の主人公は、不屈の精神でどんな困難にも立ち向かう。

その強さに心を打たれ、私も勇気を貰《もら》っていた。

——いつか私も、誰かの背中を押せるような漫画を描きたい。

心の中で芽生えた願いは、日に日に大きくなっていくけれど、今も夢は遠いまま。

描いては消してを繰り返している漫画は、まだ完成しそうにない。

「ねえ、みんな見てよ！　こいつ真面目に読書してるふりしてまた漫画読んでるし！」

去年に引き続き同じクラスになった江藤さん。その目はいつも冷たく私を見下している。

彼女は私のことが気に入らないみたいで、こうしてなにかにつけて突っかかってくる。原因は、わからない。だけど、思い当たることがあるとするなら、一年生の時のアレしかない。

私はあの日、誰もいない教室で漫画のネームを描いていた。目標にしている少女漫画の月刊誌があり、その雑誌に応募するための準備をしていたところ、たまたま江藤さんに見つかってしまったのだ。

――『うわーなにこれ、オタクじゃん』

それまで人に絵を見せたことがなかった私は、途端に恥ずかしくなり、江藤さんからノートを奪い取った。

『は？　生意気なんだけど』

彼女から嫌がらせをされるようになったのは、それからだ。ひどいことを言われ、他の人たちにも嘲笑《ちょうしょう》される日々。でも、なにをされても、私は逆らわなかった。大丈夫、私には夢がある。大好きな漫画さえあれば、どんなに嫌なことがあっても耐えられるって思っていた。

「どうせ漫画読みながら妄想とかしてるんだろ。マジできっしょ!」

大切なものを否定されたことが、悲しかった。ここで泣いたって状況が悪化するだけ、と自分に言い聞かせても、溢《あふ》れる涙は止められない。嗚咽《おえつ》が漏れると、クラスメイトたちの高笑いがさらに大きくなる。江藤さんから浴びせられる辛辣《しんらつ》な言葉の数々。

誰も私の味方はいない。そう思った次の瞬間……。

「人に死んじゃえって言うなら、江藤さんが死んじゃえばいいんじゃない?」

堂々とした口調で私を助けてくれたのは、柴崎さんだった。私と同じようにひとりでいる柴崎さんの背中は、いつもピンと伸びている。カッコよくて、眩《まぶ》しくて、まるで漫画のヒーローを見ているかのような気持ちになった。

その日から、私は柴崎さんのことを目で追うようになった。教室でも廊下でも、彼女の姿を見ていると、心が温かくなる。凛《りん》としたその姿は、どんな状況でも美しい。その美しさを逃したくないと思い、私はいつも持ち歩いているデッサン用のスケッチブックに彼女の姿を描き始めた。

柴崎奈央さん——彼女は私の憧《あこが》れに変わっていった。

夕方、太陽は地平線に近づき、柔らかなオレンジ色が街全体を包む時間。私はいつも学校帰りに〝ある場所〟へと立ち寄る。保育園の玄関先には、同じようにお迎えにきた親たちの姿があった。

「ねーね！」

私を見つけるなり、すぐに二歳の妹が走ってきた。しゃがみこんで両手を広げると、勢いを落とすことなく飛び込んでくる。

「今日もいい子にしてた？」

「うん、きょうおにがみしたの」

「折り紙？」

「わんわんつくったよ」

十五歳も離れている未菜《みな》は、一生懸命に今日の様子を伝えてくれた。その時、未菜のクラスの保育士さんに声をかけられた。

「未菜ちゃん、今日もお利口さんでしたよ」

「そうですか。ありがとうございます」

「オムツのストックがないので、明日《あした》ご用意できますか？」

「あ、はい。わかりました。カバンに入れて持たせます」

「それと、そろそろトイレトレーニングを始めようと思うんですが、おうちで練習したりしてますか？」

「えっと、まだとくには……」

「目安として三歳前後で外れていたほうが楽だと思いますので、おうちでも練習お願いしますね」

「は、はい」

保育園を出て、そのあとスーパーに寄った。家に着いてすぐに取りかかるのは、夕飯の準備だ。昨日のうちに捏《こ》ねておいたハンバーグを冷蔵庫から取り出すと、バタバタと弟たちも帰ってきた。

「「姉ちゃん、ただいま。ご飯はー？」」

声を揃えたのは、小学三年と四年生の啓太《けいた》と修也《しゅうや》だ。給食を食べてきたはずなのに、真っ先に夕飯のことを聞いてくるのはいつものことだ。

「はいはい、すぐに作るから待ってね」

制服も脱がずにエプロンだけを着けて、素早く夕飯を作り終えた頃に、もうひとりの妹、結香《ゆいか》が帰ってきた。

「あたしダイエット中だから、ご飯いらなーい」

中学二年生で思春期真《ま》っ只中《ただなか》の結香は、すぐに部屋に籠《こも》ってしまった。せっかく用意した夕飯に手を付けてもらえないのも、いつものことだったりする。

うちは五人きょうだいで、見てのとおり私が長女だ。お母さんは看護師をしていて夜勤で家を空けることも多く、私が妹と弟の面倒を見ている。ちなみに、お父さんはいない。お母さんは昔から恋愛に関しては自由奔放だから、同じきょうだいでも父親が違ったりする。

そんなお母さんに対して、私はとくに不満はない。家族のために一生懸命働いてくれているから、私もできる限りのことはしたいと思っているけれど……。

「うりゃーーーっ！」

未菜と一緒にお風呂《ふろ》から上がると、リビングでは啓太と修也が戦いごっこをしていた。最初は楽しく遊んでいても次第に激しくなり、最後には摑《つか》み合いの喧嘩《けんか》に発展する。

「ちょっと、静かにしてよね！」

そんなふたりに結香が苛立《いらだ》ち、その側では未菜が大泣きしていた。学校では影を潜めてなるべく静かに過ごしているけれど、家ではこうして毎日てんやわんやの大騒ぎ。

結局、みんなが眠りにつくまで何度も場を仕切り直し、家の中が静かになる頃には、二十三時を過ぎていた。

「ふう、やっと描ける」

ようやく訪れた自分の時間。ダイニングテーブルの上に出したのは、描きかけのネーム。去年応募した漫画のコンテストは、賞に掠《かす》りもしなかった。描いてみると実感する厳しい世界。だけど、自分でも応募した漫画の欠点はわかっている。私は自分が触れてきた漫画をなぞっているだけで、自分の物語を描いていない。

……私が、描きたい話ってなんだろう。私しか描けないものって、どんなものだろう。その問いかけが頭の中を巡り、ペンを握る手が止まる。考えがまとまらないまま、しばらく悶々《もんもん》としていたその時、不意にリビングのドアが音を立てて開いた。

「笑心、ただいま」

帰ってきたのは、夜勤のはずのお母さんだった。

「え、ど、どうしたの？」

「最近夜勤続きだからって急遽《きゅうきょ》、仕事を代わってもらえることになったの。ごめんね、もう少し早く帰ってこれたらよかったんだけど」

「ううん、平気だよ。お疲れ様。晩ごはんは？　ハンバーグなら簡単に焼けるよ」

「ありがとう。でも、食べてきたから大丈夫よ」

お母さんは子供部屋を開けて、みんなの寝顔を見ていた。きっとお母さんも、できることなら一緒にご飯を食べたいはず。お母さんも頑張ってるんだから、私も頑張らなくちゃ！

「笑心、それって……」

お母さんの視線が、広げたままになっていたネームに向いた。お母さんは、私の夢を知っている。中学生の頃は今より自分の時間があったから、描いた漫画をお母さんに読んでもらうこともあった。……だけど、今は家族の前で絵を描くことはなくなった。昔のように『見て見て！』と積極的に言えないのは、自分の漫画に自信が持てないからだ。

「笑心は本当に絵を描くのが好きなのね」

「うん。でも、好きだけじゃダメなんだと思う」

きっとそれだけじゃ、夢は叶《かな》わない。

「笑心はこれからもずっと漫画を描きたいんじゃないの？」

「……………」

私はお母さんの質問に、答えられなかった。

学校では少しずつ進路の話が増え、私も将来のことについて考え始めるようになった。できれば、絵の勉強がしたい。だから、美大のパンフレットを自分でいくつか取り寄せた。でも、夢を追い続けたら、今みたいに家のことをお手伝いできなくなるかもしれない。お母さんはきっと応援してくれるだろうけれど、そうまでして目指した漫画家に、もしもなれなかったら？

夢が夢で終わってしまった後、私はどうしたらいいんだろう。自分が進む道は、本当にこっちで合ってるの？

数日が経って、私は昼休みの時間を利用して図書室を訪れた。

「じゃあ、ここに座ればいい？」

私と差し向かいの椅子に腰を下ろしたのは、憧れの柴崎さんだ。実は休み時間にここに来た時、柴崎さんのことを描いていたスケッチブックを自分から見せた。勝手に描いたことを、柴崎さんは怒らなかった。それどころか、綺麗《きれい》に描いてくれてありがとうと言ってくれた。

私はその時、遠くから憧《あこが》れるだけじゃなく、彼女のことを正面から描きたいと強く思った。そうすれば、自分の中で悶々としているものの答えが出るような気がしたのだ。柴崎さんは、私のお願いを快く受け入れてくれた。

「じゃあ、描いていくね」

私はスケッチブックを広げ、鉛筆を手に取った。整った眉《まゆ》と、優雅なラインを描く唇。そして、深い深い瞳《ひとみ》。柴崎さんは本当に綺麗だ。綺麗すぎて、私も夢中でデッサンしていく。

「柴崎さんは、高校を卒業した後のこととか考えてたりする？」

「ううん。相田さんは？」

「私は美大に進めたらいいなって思ってるんだけど……」

声が萎《しぼ》んで言葉が続かない。そんな私を見て、柴崎さんがふいにこんなことを言ってきた。

「相田さんの名前って、いいよね」

「え？」

「笑心。いい名前だと思う」

「……でも、名前負けしてるよ」

「私、最初どう読むのかわからなくて〝えごころ〟だと思ったの。だから、相田さんにピッタリだなって思って」

――絵心。たしかに漢字は違うけれど、私の名前は〝えごころ〟になる。

「だから、相田さんは絵を描く人なんだと思うよ」

憧れの人からそう言われて、涙が出そうになった。柴崎さんの優しさと温かさに包まれながら、私は鉛筆を走らせ続けた。


「姉ちゃん。お腹すいたんだけど、ご飯まだ？」

「お姉ちゃん。Wi-Fiが繋《つな》がらないからなんとかして」

「ねーね。みなおトイレのれんしゅうやだあ〜っ！」

お母さんが仕事の時には、相変わらずみんなの世話で大忙し。だけど、私には大切な約束があった。それは、同級生の寺島光くんという男の子から頼まれた大事なこと。

「寺島くん。少し時間がかかってごめんなさい。これが約束の絵です」

――『相田に頼みたいことは、奈央の絵を描いてほしいんだ』

柴崎さんは今、学校を休んでいる。担任の先生からは風邪が長引いていると説明は受けているけれど、なんとなく違う気がしていて、寺島くんはその理由を知っているようだった。

「ありがとう。すげえ助かる」

スケッチブックから切り離した絵を、大切に受け取る寺島くん。その仕草は、彼がどれだけこの絵を待っていたかわかるほどだった。女子から人気のある寺島くんだけど、私から見ればどこか怖い印象もあった。それでも、柴崎さんのこととなると彼の表情は一変し、優しい顔になる。

「……どうして、私に柴崎さんの絵を？」

「前に奈央から相田の絵を見せてもらったんだ。本当は写真でもよかったんだけど、なんとなく相田に描いてもらったほうが間違いない気がして」

寺島くんがなにをしようとしているのか正確にはわからなかったが、柴崎さんのために行動していることは明白だった。

「寺島くんは……柴崎さんのことが好きですか？」

「うん。だから、奈央のためならなんでもできる」

「好きすぎて、苦しくなる時はないですか？」

私はある。漫画が好き。家族が好き。でも、うまく両立ができない。両方とも同じくらい大切でも心の比重は水平にはならないし、どっちかを優先すると、どっちかが疎《おろそ》かになってしまう。

「じゃあ、相田は好きすぎて苦しいから諦《あきら》めんの？」

「え？」

「諦めるほうがもっと苦しいだろ。苦しい気持ちも全部引っくるめて自分の力にしていく。好き以上の原動力なんて他にあるかよ」

心に、光が差した気がした。そうだ。私を動かしていたのは、いつだって自分の中にある『好き』の気持ちだった。

「じゃあ、寺島くんを今動かしているのも柴崎さんへの好きの気持ちなんですね」

「今だけじゃなくて、これからもだよ」

寺島くんはそう言って、満面の笑みを浮かべながら去っていった。その姿はまるで、もうひとりのヒーローのようだった。

それから月日が流れて、私は高校三年生になった。しばらく休んでいた柴崎さんは、無事に学校に復帰。しかし、入れ替わるようにして、寺島くんの姿が見えなくなった。

もともと彼は学校をサボりがちだったため、周囲の人たちはその事態をさほど深刻に受け止めていなかった。けれど、寺島くんが事故に遭い、命を落としていたことを知ったのは、ずいぶん後になってからのことだった。

あまり大騒ぎをしてほしくないという家族の希望と、人気者だった寺島くんの死に生徒たちがパニックにならないようにという配慮からだったらしい。

私が最初に心配したのは、柴崎さんのことだった。彼が柴崎さんのことを好きだったように、彼女も寺島くんのことを想っていることを、ひしひしと感じていたからだ。

だけど、心配をよそに、柴崎さんは前を向いていた。その毅然《きぜん》とした態度を周りの生徒たちは誤解し、『あんなに仲良くしてたのに、よく平然としていられるね』などと辛辣《しんらつ》なことを口にする人もいた。

だけど、私にはわかる。普通でいられるのは、今までと変わらないでいられるのは、すべて寺島くんのおかげだということを。彼はきっと柴崎さんに大切ななにかを残していった。そしてそれが、今も彼女の支えになっているのだと思う。

「柴崎さん。私のわがままに付き合ってくれてありがとう」

休日のゆったりとした午後。私は柴崎さんと駅前のファミレスにいた。テーブルの上には、先ほど立ち寄った本屋で買った少女漫画の月刊誌がある。

「ううん。全然平気だよ。むしろ、相田さんのほうこそ大丈夫？」

「大丈夫……ではないかも」

こんなにも緊張しているのは、応募した漫画の結果が明らかになる日だからだ。

私はあれから、お母さんに美大に進みたいことをしっかり伝えた。金銭的な負担が増えるかもしれないのに、お母さんはそんなこと気にしなくていいと言ってくれた。

今では結香が積極的に家事をしてくれるようになっただけじゃなく、啓太と修也も未菜の遊び相手をしてくれている。そのおかげもあって、私は漫画を描くための時間をちゃんと確保できるようになった。

そうやって、家族に本当の気持ちを言うことができたのは、柴崎さんと寺島くんのおかげでもある。ふたりの強さが、私の背中を押してくれた。

「実はね、今回応募した漫画の主人公は、柴崎さんがモデルなの」

「え、私？」

これまでは既存の作品を参考にするだけで、自分が本当に描きたい物語を見つけることができなかった。でも、今回は柴崎さんのような芯《しん》のある女の子を主人公にした。やっとやっと、私が描きたかったものに出会えた気がした。

「初めて自信が持てる漫画を完成させられた。だから、余計に緊張してるっていうか、ひとりで確認する勇気が出なくて……」

「じゃあ、一緒に確認しよう」

結果が記載されているページは、月刊誌の最後のほうだ。賞を取れていたら、そこに私の名前が掲載されているはずだ。心臓がバクバクと鼓動を速め、息が詰まりそうなほどの緊張感に包まれる。柴崎さんの指がそっとページに触れた瞬間……。

「し、柴崎さん、待って！」

私は急に叫んで、その手を止めた。

「どうしたの？　やっぱりもう少し落ち着いてからにする？」

「ううん、そうじゃなくて。もしも、賞が取れていたら……私と友達になってくれませんか？」

柴崎さんと仲良くさせてもらっているけれど、友達と呼んでいいのかどうか、いつも不安だった。でも、私は友達になりたい。漫画だけじゃなくて、柴崎さんのことも友達だって、自信を持って言えるようになりたかった。

「いいよ。その代わり相田さんの名前がここに載ってたら、私の話も聞いてくれる？」

「話？」

「うん。すごくびっくりすることで、全部本当の話」

私はこくりと頷《うなず》いた。そして、柴崎さんと呼吸を合わせて、結果発表のページをめくる。大きな夢の第一歩。きっとここから、私の人生が始まっていくんだ。

［番外編2］　光ある未来

──Cardiac memory──直訳すると《心臓の記憶》という興味深いコラム記事を偶然発見した。

その記事によると、臓器移植によって、ドナーの記憶や性格、趣味や習慣が移植者に反映されることがあるというものだった。

『この心も全部奈央にあげる』

もしも、私の心臓に光の記憶が残っているとしたら……。

「奈央、買うもの決まったー？」

商品の棚越しに乃亜ちゃんが顔を出した。今日は乃亜ちゃんがうちに帰ってくる日で、先ほど合流してコンビニに寄ったところだ。

「バイト代が入ったから、なんでも好きなもの買っていいよ」

「本当？　ありがとう、お姉ちゃん」

「ふふふ、任せなさい！」

こうして『お姉ちゃん』と呼ぶと、乃亜ちゃんは嬉しそうな顔をする。乃亜ちゃんが持っているカゴに入れたのは、コンビニでしか売っていない大きなカツサンド。光との思い出のパンだ。

「奈央、これ好きだよね。この前はエビカツサンド買ってたし」

「うん。エビカツも美味《おい》しいんだよ」

「食べ応《ごた》えがあるのに、ぺろりと食べちゃうもんね」

前の私だったら、半分でお腹いっぱいになっていたカツサンド。でも、今は乃亜ちゃんが言ったように全部食べきれるようになった。

どうして、たくさん食べられるようになったのかはわからない。だけど、もしも心臓に記憶が宿るとしたら、光の影響でそうなったと考えたほうが自然だ。ううん、そうであってほしいと思う。

「ねえ、今度一緒に撮り旅しようよ」

「撮り旅？」

「旅行しながら写真を撮るの。奈央はまだ飛行機に乗ったことないから、沖縄とかどう?」

「沖縄、行ってみたい」

「でしょー? 海とかすっごく綺麗《きれい》だよ」

心臓移植をしてから、今までできなかったことができるようになった。そのおかげで、やりたいことや行きたい場所が次々と浮かんでくる。新しい発見と挑戦に満ちあふれ、生きる喜びを噛《か》みしめる日々。生きても生きても生き足りないという言葉があるかどうかわからないけれど、まさにそんな気持ちだ。

「奈央、乃亜」

後ろから名前を呼ばれた。ふたり同時に振り向くと、そこにはパート帰りの陽子さんが笑顔で立っていた。

「「お母さん!」」

私と乃亜ちゃんの声が重なった。家族揃って横並びになり、自宅へと帰る。撮り旅は三人で行こうという話になって、いつ頃がいいかなと相談していると、ポケットの中のスマホが鳴った。その声は、私にとってもう一つの大切な家族である光のお母さんからだった。

『もしもし。奈央ちゃん、実はキャベツが……』

「ええっ⁉」

電話から聞こえてくる声で、私は急いで光の家に向かった。光のお母さんを慰めながら、定期検診でお世話になっているという鳥類専門の病院まで一緒に付き添った。

数日前から元気がないというキャベツは、鳥かごの中でじっとしている。インコも他のペットと同様に、色々な病気にかかる。キャベツは今三年くらい生きているから、人間でいうと四十歳くらいだ。セキセイインコの平均寿命は、七年から十年。大切に育てれば十五年くらい生きることもあるらしいけれど、もしも悪い病気になっていたら……。

「ストレスですね」

「えっ！」

獣医さんからの診断結果に、私と光のお母さんは声を合わせた。詳しい話を聞くと、インコがストレスを感じる要因はいくつかあり、その中でもキャベツの場合は、飼い主とのコミュニケーション不足が大きな原因ではないかと言われた。

「セキセイインコなどの鳥は非常に知的で、飼い主の姿や声、匂いをよく覚えています。環境の変化だけでなく、飼い主との触れ合いが少なくなると食欲を失ったり、活発に動くことがなくなったりすることがあります」

キャベツは今でも、光の部屋で飼っている。彼の両親はキャベツを大切に育てているけれど、日中は仕事をしているため、頻繁に遊んであげることはできない。キャベツにとっての一番の話し相手は、光だった。そんな彼がいなくなってしまったことを、キャベツも痛いほどわかっていたのかもしれない。

「私たちと同じように、キャベツも寂しさを感じていたのね……」

病院からの帰り道。光のお母さんがぽつりと呟《つぶや》いた。

彼が天国に旅立って一年以上が過ぎたけれど、喪失感というのは時間が過ぎていくほどに大きくなる。きっとキャベツも、光に会いたくて仕方ないはずだ。だけど、光に会わせてあげることはできないし、光の代わりだってどこにもいない。

どうしたら、キャベツが元気になるんだろう。光はキャベツに対して、どんな愛情を注いでいた？

知りたいことがたくさんあるのに、それすらも聞くことは叶《かな》わない。

バサバサバサッ!!

その時、静かだったキャベツが鳥かごの中で暴れ始めた。キャベツの視線の先にはペットショップがあり、その窓際に置かれたケージにはひときわ鮮やかな色合いのセキセイインコがいた。そのインコはキャベツよりも少し小さく、首をちょこんと傾げてこっちを見ている。

「ピーピーピー！」

普段あまり鳴かないキャベツが、興奮した様子で甲高い声を上げた。さっきまで元気がなかったのが嘘みたいだ。

「もしかして……あの子に一目惚《ひとめぼ》れしたの？」

「ピーピー！」

返事のような声を聞いて、私と光のお母さんは同時に顔を見合わせた。


――後日。光のうちに家族が増えた。彼の部屋には以前とは異なる大きな鳥かごが一つ置かれ、その中にある長めの止まり木には、キャベツともう一羽のセキセイインコが並んでいた。

「よかったね、キャベツ」

あの後、光のお父さんにも相談して、キャベツと相性がよさそうなら迎えようという話になった。結果として、ペットショップで出会ったインコもキャベツとすぐに打ち解け、今ではお互いに寄り添う姿が見られるようになった。

「今日はふたりに、大切な発表があるんだよ」

光のお母さんから、新しいインコの名前を考えてほしいという大役を任されていて、今日はその報告にやってきた。光のお母さんとお父さんにはすでに伝えてあるので、後はキャベツと本人だけだ。

「この子の名前は、『とうきび』になりました！」

迎えたインコの色は、太陽のように眩《まぶ》しい黄色。それは、偶然にも光にゲームセンターで取ってもらったぬいぐるみと同じ色だった。『とうきび』という名前は、彼が付けてくれたもの。だから、絶対にこの子も同じ名前にしたいと思った。

「とうきび、これからよろしくね」

「ピッ！」

光の部屋は、これからもっと騒がしくなっていくだろう。私は二羽に豆苗をあげた。キャベツが嬉しそうに食べているのに続いて、とうきびも同じように豆苗を喜んで食べ始めた。どうやら、とうきびも豆苗が好きみたい。

「奈央、なーお、奈央」

光が覚えさせてくれた私の名前を、キャベツが呼ぶ。彼はこの部屋で、どうやって言葉を教えていたのだろう。そっと、心臓に手を当てて問いかけてみる。

『奈央、なーお、奈央』

『な、な』

『よし、いいぞ。奈央、なーお』

『奈央、なーお、奈央』

『すげえ、お前天才じゃん！　次は奈央、幸せになれ』

『次は、奈央』

『おしい！　奈央、幸せになれ』

『ちょっと！　また学校から電話がかかってきたわよ！』

『おい！　今はそれじゃねえ！』

わははと、楽しそうに言葉を覚えさせている光の姿が浮かんだ。本当かどうかは、わからない。だけど、私は《心臓の記憶》を信じている。きっときっと、これは彼が私に見せてくれたもの。

「ねえ、私も覚えてほしい言葉があるんだ」

キャベツと、ときびに、声をかける。私が最初に覚えさせたいこと。それは、嬉《うれ》しさも、切なさも、苦しさも、愛しさも教えてくれた、好きな人の名前。

「――光」

いつまでも、これからも、私たちの未来は輝いている。

本書は書き下ろしです。
この作品はフィクションです。実在の人物、
団体等とは一切関係ありません。

心《こころ》は全部《ぜんぶ》、きみにあげる

永良《ながら》サチ

令和6年 11月25日　初版発行

発行者●山下直久

発行●株式会社KADOKAWA
〒102-8177　東京都千代田区富士見2-13-3
電話　0570-002-301（ナビダイヤル）

角川文庫 24402

印刷所●株式会社暁印刷
製本所●本間製本株式会社

表紙画●和田三造

●お問い合わせ
https://www.kadokawa.co.jp/（「お問い合わせ」へお進みください）
※内容によっては、お答えできない場合があります。
※サポートは日本国内のみとさせていただきます。
※Japanese text only

ISBN 978-4-04-115243-0　C0193

◇◇◇

角川文庫発刊に際して

角　川　源　義

第二次世界大戦の敗北は、軍事力の敗北であった以上に、私たちの若い文化力の敗退であった。私たちの文化が戦争に対して如何に無力であり、単なるあだ花に過ぎなかったかを、私たちは身を以て体験し痛感した。西洋近代文化の摂取にとって、明治以後八十年の歳月は決して短かすぎたとは言えない。にもかかわらず、近代文化の伝統を確立し、自由な批判と柔軟な良識に富む文化層として自らを形成することに私たちは失敗して来た。そしてこれは、各層への文化の普及滲透を任務とする出版人の責任でもあった。

一九四五年以来、私たちは再び振出しに戻り、第一歩から踏み出すことを余儀なくされた。これは大きな不幸ではあるが、反面、これまでの混沌・未熟・歪曲の中にあった我が国の文化に秩序と確たる基礎を齎らすためには絶好の機会でもある。角川書店は、このような祖国の文化的危機にあたり、微力をも顧みず再建の礎石たるべき抱負と決意とをもって出発したが、ここに創立以来の念願を果すべく角川文庫を発刊する。これまで刊行されたあらゆる全集叢書文庫類の長所と短所とを検討し、古今東西の不朽の典籍を、良心的編集のもとに、廉価に、そして書架にふさわしい美本として、多くのひとびとに提供しようとする。しかし私たちは徒らに百科全書的な知識のジレッタントを作ることを目的とせず、あくまで祖国の文化に秩序と再建への道を示し、この文庫を角川書店の栄ある事業として、今後永久に継続発展せしめ、学芸と教養との殿堂として大成せんことを期したい。多くの読書子の愛情ある忠言と支持とによって、この希望と抱負とを完遂せしめられんことを願う。

一九四九年五月三日